SHODENSHA SHINSHO

# 枕草子の楽しみかた

林 望

JN099724

祥伝社新書

本書は、小社より二〇〇九年に刊行された単行本『リンボウ先生のうふふ枕草子』を新たに「新書版の序にかえて」を入れるなど加筆・修正のうえ、新書化したものです。

# 『枕草子』を楽しく読もう——新書版の序にかえて

林《はやし》　望《のぞむ》

日本文学の長い歴史のなかで、特に平安時代は女性の書いた文学の花盛りであった。紫《むらさき》式部《しきぶ》の『源氏物語』はいうまでもないことだが、随筆文学の金字塔ともいうべき、清少納《せいしょうな》言《ごん》の『枕草子』もまた、まったく違った意味で、すばらしい達成の一つであった。

ただ、『源氏物語』が当時の宮廷貴族世界を舞台とする「創作」であったのと対照的に、『枕草子』は、どこまでも清少納言の見聞きした貴族社会の実相をありのままに書き残した記録で、その意味で当時の宮廷生活のありようが、いきいきとリアルに伝わってくる。

ただし、清少納言という人の視線は、徹頭徹尾「女性から見て」のそれであって、そこからまた、当時の男達のありさまなども、まことに呆れるほど現実的に正直に活写されている。それゆえ、これをよく嚙み分けて、じっさいどんな情景だったのだろうか、とあたかもドラマの一場面を想像するようにして読んでいくと、ほんとうに生々《なまなま》しく面白い。

しかも清少納言は、ユーモアのセンスも豊かな人であったと見えて、ついつい引き込まれて笑ってしまうような場面もあちこちにある。それなのに、よく考えずに表面の語義だけを「わかった」というだけの読み方では、せっかくの面白さが味わえないにちがいない。読むについては、豊かな想像力を働かせて、場面や、その空気をまでも脳裏に再現しながら読んでいくと、興趣まさに尽きぬものがある。そういう「場面の再現」の手助けとして、私はこの本を書いたのである。

本書は、過ぎし二〇〇九年刊行の『リンボウ先生のうふふ枕草子』という単行本に、このほど手を入れて新書の一冊として再刊行するものである。新書判という手に取りやすい形になったこの機会に、ぜひぜひ、とくに若い人たちに気軽に読んでいただきたいと強く願っている。いや、これほど面白い随筆文学を、読まずにいては人生の損失だ、と私は思っているのである。

まったく、『枕草子』は面白いなあ！

# 古典文学と想像力——はじめに

林　望

はるかな昔、まだニキビ面の高校生だったころ、私は初めて『枕草子』を読んだ。いや、それはちょっとちがうな、正確には、古文の授業で読まされた、と言うべきだろうか。私が通っていたのは、都立戸山《とやま》高校という受験校で、その古文を受け持っていたのは、H先生というずいぶんオジイサンの先生だった。

この先生は、べつに悪い人ではないのだが、こう言っては申し訳ないけれど、その授業は頗《すこぶ》る退屈であった。

「春はあけぼの。やうやうしろくなり行く、山ぎはすこしあかりて……」

という、おなじみのあの序章のところから始めて、……いやいや、どこを読んだかなど、すっかり忘れてしまった。ましてどんな内容だったかも何も覚えていないのだが、ただ「退屈だった」という気分だけが記憶にとどまっているのは、まことに遺憾千万《いかんせんばん》なることである。

が、それもそのはずで、この授業は（H先生に限らず、古文の授業などはみんな似たり寄ったりであったけれど）、ただただ、文章を細《こま》切れにして、その主語・述語とか修飾・被修飾とか、動詞・形容詞の活用だとか、そういう面倒くさい上に無味乾燥なる文法のあれこれ、また、火桶《ひをけ》とはなにか、ツトメテとはどういう時間帯か、などという細切《こまぎ》れの「知識」を、受験用におさおさ怠りなく伝授するという底《てい》のもので、どこが面白いのかとか、いったいどういう感情が描かれているのかとか、または、その背後にある複雑な人間関係やら、性愛方面のあれこれなどは、さてさていっこうにおろそかにされたまま、まるっきり省《かえり》みられなかったように思われる。とくにこの性愛方面などについては、教科書そのものがすでにダメで、そういう〝面白い〟ところはみな捨て去って、毒にも薬にもならないようなところばかりが教科書に載せてあったものだ。そのことは現代でもおそらく変わるまい。

だから、どうしても、『枕草子』がどのように面白いのかなどは、ついに理解のほかであったし、ましてや、そういう作品を読む意味などは、「受験のため」というより以上のことはまるっきり諒《りよう》知《ち》せられなかった。

けれども、さいわいに私は古典文学の専門家になり、高校や大学でさまざまの古典を教えるようになってみると、かつて退屈だなあと思っていた古典文学のあれもこれも、やややなんてまた面白いんだろうと思うものばかり増えていった。

くだんの『枕草子』もそういうものの一つで、少年時代には単なる「ぬるま湯的な平安朝随筆」くらいに思っていたのが、とんでもない勘違いで、いやはや、まったく勘違いも甚《はなは》だしく、どこをとっても、そりゃもう血も涙もある、どうかすれば鼻血が吹き出てきそうな生々《なまなま》しい記述に充ち満ちていることに気付いた。

この違いはなんだろうか。

つまりね、古典を「知識」として読んではいけないということなのだ。知識も最低限のところはなくてはならないけれど、それは最低限でもいい。もっと大切なことは、その一つ一つの言葉や表現のなかに、どんな情景が、どんな感情が、表わされているのか、ということを、どこまでも想像し、しかもただ想像するだけではなくて、心のなかで実体化し、「自分の心のなかにそういう情景や感情がなかったか」と照合すること、なのであった。そうすると、にわかに清少納言という歴史上の人物が、ぐぐぐっと近づいてきて、つい目の前に温かな体温をたたえて息づいているという感じがしてくる。ああ、清少納言も女だったなあ、と、その性愛生活なども含めて、生々しく立ち現われてくるのである。

けれども、いざ読んでみたくても、たとえばこの本が底本《ていほん》に用いた岩波書店の日本古典文学大系本などでは、その頭注や補注を参照したところで、なかなか簡単には読めるものではない。やっぱり平安朝の文学は、文章に省略やねじれなどが多いので、中世以降のもののようには簡単に読みこなすことが難しい。

そこで、私は、なんとかしてその面白さを、とくに若い読者たちに感じてもらいたくて、矢も楯《たて》もたまらず、こうして筆を執《と》ったというわけである。

じつは『枕草子』という作品には、その伝本によって本文の異同が甚だしく、あの「春はあけぼの」という章を欠く本だっていくらもあるくらいなのだ。だから、そういうことから始めて、いちいちの本文の異同とかいうようなことどもにまで踏み込んでいくと、こんどは限りなく煩雑なことになって、肝心の想像と実感というほうがなおざりになってしまうかもしれない。

そのことを恐れて、私はあえて、この本ではそういうことには極力踏み込まず、原則として岩波書店の日本古典文学大系本に従って読むということにした。たまたま、その本では意味の通じにくいところなどは、他の本を用いて読解したところもあるけれど、それはあくまでも例外である。

この浩瀚《こうかん》な、そして雑然として見えるあれこれの章のなかから、私が読んでとびきりに面白いと思ったところを抜き出して、そうしてまず、私なりに想像力を全開にして書き下ろした現代語訳を付し、そのあとに、どう読むべきかという読解と批評を付け加えた。

もしいきなり古文を読むのは苦手だなあという人あらば、まずはその原文はさらっと朗読するていどにしておいて、現代語訳と読解のところから読んでほしい。そして面白いなあということが感じられたら、そこで（よく意味をわかった上で）おもむろに原文を読んでみてくだされればよろしいのである。すると、なーるほど、原文で読むとこんなにもまた面白いかと、二度三度の楽しみが味わわれるに違いない。

若い時分、その面白さを少しも感じられずにいたというのは、人生経験の不足によるという側面もあったかと思うのだけれど、それでも、こうやって想像しつつ読み解いてみると、老若男女ともに深く味わい得る傑作が『枕草子』なのだということがわかってくるだろう。

世の中では、『源氏物語』ばかりがもてはやされるようだけれど、『枕草子』と『源氏物語』は、まったく同時代の文学である。面白さの質は違うけれども、どちらもそりゃもう面白い面白い。

これほど面白い作品を、受験のためだけに無味乾燥なる読み方をして、退屈なものだと誤解したままになってるのは、人生にとってのおおいなる損失だと私は思う。

そうして、こういう作品を千年もの昔に持ちえた、私どもの国とその文学について、日本人は等しく誇りと敬愛を持たなくてはいけない。

つくづく、良い国に生まれた、と私はこういう古典作品に接するたびに思わずにはいられないのである。

では、いざいざ、芳醇豊麗《ほうじゅんほうれい》なる『枕草子』の世界の扉を開いてみることにしようか。

# 目次

本文写真——著者提供

# 凡例

本文で引用した『枕草子』の原文については、岩波書店刊、日本古典文学大系『枕草子　紫式部日記』に準拠しました。ただし、漢字は新字、仮名は歴史的仮名づかいで統一し、適宜振り仮名を補ったりして読みやすくしたところがあります。

第1講

# 清少納言は言いたい放題

［第二十五段］

## 清少納言ほど口の悪い人はいない？

まあ面倒くさいことは後まわしにして、いきなり『枕草子』第二十五段というのを読んでみよう（『枕草子』にはいろいろと章段の立て方の違う本があって、この何段という呼び方も本によってまちまちなのだが、ここでは岩波書店の日本古典文学大系に拠ることにする。ただし適宜振り仮名を補ったりして読みやすくした）。

すさまじきもの　昼《ひる》ほゆる犬《いぬ》、春の網代《あじろ》。三四月の紅梅《こうばい》の衣《きぬ》。牛死《うしし》にたる牛飼《うしかひ》。ちご亡《な》くなりたる産屋《うぶや》。火おこさぬ炭櫃《すびつ》、地火爐《ぢくわろ》。博士《はかせ》のうちつづき女子《をんなご》生《む》ませたる。方《かた》たがへにいきたるに、あるじせぬ所。まいて節分《せちぶん》などはいとすさまじ。

こういう「すさまじきもの」「にくきもの」「こころときめきするもの」などというスタイ

ルであれこれと列挙していく章段を「ものはづけ」と言うのだが、ここもその一つである。すさまじき、というのはどういう感じかというと、もともとこれは「すさむ（荒む）」という動詞から派生してきた形容詞なので、こころの荒む感じ、なんだかあまりにもがっかりするような感じをいうのである。

で、その「もう、こんなのはがっかりね」という物として列挙されたことどもは……。

——夜吼《ほ》えないで寝ていて見当外れな昼間にワンワン無駄に吼えてる犬、もう魚なんか取れなくなった季節外れの春の網代《あじろ》（ってのは、川に杭《くい》を立てて竹の網を仕掛けて魚をとる装置なのだが、どうやら宇治《うじ》川あたりでは冬に氷魚《ひお》という魚を取るために仕掛けたものらしい）、真冬の下着である「紅梅《こうばい》の衣《きぬ》」をもう暖かくなった三、四月になっても着てるなんて人。牛が死んでしまった牛飼いもさぞがっかりしてるだろうし、まして赤ちゃんが亡くなってしまった産室はいうまでもない。火鉢や囲炉裏に炭火のない景色もがっかり、博士の家に跡継ぎの息子が生まれないで女の子ばかり、これもがっかり。方違《かたたが》え（どこかへ出かけるのに方角が悪いといけないので、一旦別の方角の家に宿ってから行くこと）に誰かの家に行ったら、何もご馳走してくれなかったなんてがっかり。まして節分の日なんか、どこの家だってご馳走が用意してあるはずなのに、それが出てこないとしたら、もうひどくがっかり。

ここまで書いてくると、清少納言ってのはずいぶんズケズケと好き勝手なことを言う人だなあと驚いたかもしれない。

いや、そうなのだ。清少納言ほど口の悪い人もいないなあと、私は『枕草子』を読むたびに思わずにはいられないのである。

で、「すさまじきもの」は、まだまだ続く。

## 絶望的にがっかりなこと

清少納言の「がっかり」した話は、それからそれへと思い出されて、だんだんときわどくなってくる。

人の国よりおこせたるふみの物なき。京のをもさこそ思ふらめ、されどそれはゆかしきことどもをも書《か》きあつめ、世にある事などをもきけばいとよし。人のもとにわざときよげに書《か》きてやりつるふみの返りごと、いまはもてきぬらんかし、あやしうおそき、とまつほどに、ありつる文、立文《たてぶみ》をもむすびたるをも、いときたなげにとりなしふくだめて、上《うへ》にひきたりつる墨《すみ》などきえて、「おはしまさざりけり」もしは、「御物忌《おんものいみ》とてとりいれず」といひてもて帰りたる、いとわびしくすさまじ。

——どこか田舎のほうからよこした手紙に何もプレゼントが添えてないなんて、まあがっかり。

京都の人からの手紙だって何も添えてなかったらがっかりするのは同じだけれど、でも京都の人のはあれこれと興味津々なうわさ話だとか、世間に起こっている事件だとか、そういう面白い話題が書いてあったりするから、まあいいことにしよう。

それから、誰かのところへ、念には念を入れて素敵に書いた手紙を召使いに持って行かせて、さあどんなお返事が来るかしらとわくわくしながら待っている、それなのにどう考えてももう戻ってこなくちゃいけない時間になっても戻ってこなくて、いったいどうしちゃったのかなあと待ちくたびれていると、そのせっかく素敵に作った手紙の包み紙も、その結び目ももうすっかりグンニャリとなってしまって、手で持っていたせいで宛先の字なんかも墨《すみ》がこすれて消えてしまったのを、召使いが持ち帰ってきたりする。それで「お留守でしたよ」だとか「なにかお物忌《ものい》みの謹慎中なんだそうで受け取ってもらえませんでした」とか言われたときは、もう絶望的にがっかり。

この手紙についての記述のなかに「世にある事など」という言い方が出てくる。これはもちろん世間のさまざまな事件というふうに読んでもいいけれど、平安時代の用法として「世」というのは「男女の関係」という意味に使われることが多かった。そうすると、このところも、もしかするとその手紙の話題が「誰かと誰かが密かに恋仲になってってね」というようなゴシップであったかもしれない。

じつは清少納言は、その手の男女の恋の話が大好きで、『枕草子』にも、さりげなくそんな話がちょいちょいとちりばめてあるから面白い。

ましてそのあとの、よほど念を入れて「わざときよげに書きて」送った手紙というのは、何であろうかと想像してみると、まあおそらく好きな男への恋文と考えるのが当たり前だ（だから「物忌み」で謹慎中の男は受け取ってくれないのである）。

今でも女の手紙には、凝《こ》った和紙の便箋だとか、可愛いプリントの封筒だとか、香水のしみ込ませてある紙だとか、いろいろと念入りに仕立てて送るということが著しい。そうしてそれはビジネスレターとか、通り一遍の挨拶状なんてものじゃなくて、大好きな男の子へのラブレターだったら、いっそう気合いが入るというものである。まさに、この「わざときよげに」書いたのは、それがよっぽど気合いを入れたくなる男へのラブレターだったからに決まっている。だからこそ、その返事が来るのが待ち遠しいのだ。

ね、誰にも憶えがありましょう、その気持ち。

ところが、その返事を持ってくるはずの召使いがいつまでも戻ってこない。いい加減待ちくたびれたころに、戻ってきたのはいいけれど、きれいに気合いを入れて仕立てた手紙が、召使いの手の汗でグンニャリとしてしまっていて、手垢《てあか》なんかも付いたりして、せっかくきれいに書いた宛名だってきたなくこすれちゃってて、そういうのを「お留守でしたよ」なんてのはまだしも、家にいるのに「物忌みだから」なんてもっともらしいことを言って受け取ってもらえなかったなんてオメオメと持ち帰ってきたら、それはもうがっかりの上にもがっかりであろう。

「わびし」という表現は、「わぶ」という動詞から派生した形容詞で、これは「悲観する・絶望する」というのが本来の意味の動詞なので、「わびし」は絶望的な感じ、なのだ。「すさまじい」だけでなく「わびし」くさえある。この感じがわかると、清少納言と読者諸君の心に「あ、わかるわかる、その感じ」という共感が催されるのではあるまいか。古典だからとて、特別なことと思う必要はない。自分の経験のなかで、同じような場合を探して照合してみればいいのである。

## 空《から》の車が戻ってきて

すさまじきものは、さらに続き、ますます佳境に入る。

また、かならず来《く》べき人のもとに車をやりてまつに、来《く》る音《おと》すれば、さななりと人々いでて見るに、車宿《くるまやどり》にさらにひき入れて、轅《ながえ》ほうとうちおろすを、「いかにぞ」と問《と》へば、「けふはほかへおはしますとてわたり給はず」などうちいひて、牛《うし》のかぎりひきいでて往《い》ぬる。

――また、きっと来るはずの人のところへ、わざわざ迎えの牛車《ぎっしゃ》を送って待っていると、車の到着した音がする。あ、来た来たっ、と女房たちも思って出迎えると、車から誰も降りてこずに、そのまま車庫へ直行してしまって、牛飼いは、車の長い柄をもう牛からほどいて、そこらにポーンとうっちゃらかしている。「どうしたの、お迎えに行ったお方は？」と聞けば、「きょうは、なんだかよそへお出かけだそうで、いらっしゃれないそうです」なんてことをそっけなく言う。それで牛飼いの男は、車なんぞはどうでもいいと言わんばかりに、牛だけを大事そうに牛小屋のほうへ連れて行く、これもうがっかり。

ふつうは男は自分の車でやってくるか、馬で来るか、ときによってはほんの僅《わず》かの供だけ連れて歩いてやってくるか、というのが昔の習わしであったけれど、よほど打ち解けて、もう周りからも公認になっているような仲である場合には、女のほうから迎えの牛車を遣わすこともあったらしい。そうすれば確実に男がやってきてくれるからそんなにヤキモキしないで済むという寸法なのだ。

ところがどっこい、やってくると思った男は来ずに、空の車だけが戻ってくる。こんなにがっかりなこともまたあるまい。このところの、牛車に付いていた牛飼いの男の、いかにも投げやりで興味も何もなさそうな態度は、わくわくと待っていた分だけ、女の心を荒《すさ》ませる。そうして、男が来ようと来まいと、オイラには関係ありませんや、と言わぬばかりの態度で、牛だけを大事そうに連れて帰ってしまった牛飼いの姿に、取り残された女の憤慨もさぞやと想像されるというものだ。

## キャリア女なら、しようがない

また家のうちなる男君《をとこぎみ》の来《こ》ずなりぬる、いとすさまじ。さるべき人の宮づかへするがりやりて、はづかしとおもひゐたるもいとあいなし。

――それから、もう婿君《むこぎみ》同様に入り浸っていた男が、ふっと来なくなってしまったなんてのはいかにもがっかりする。それも、ちょっとした身分で宮中にお仕えしている女のところへ通《かよ》うようになってしまったというような話、それを「男を取られちゃって恥ずかしいわ」と思っているなんてのはまことに面白くもない。

この「家のうちなる男君」ってのは、もう長いこと恋仲で、周囲も公認だった男というほどの意味であるが、そんな夫同然であった男が、ある日突然に来なくなる。まあ、そんなことはしょっちゅうあったことに違いないが、女はもちろんがっかりする。

それも、そこらの誰とも知れぬ女に取られたのではなくて、たとえば宮中に女房として仕えているというような女に取られてしまったというのだ。これについてはちょっと註釈しておく必要がある。

この章段のすぐ前のところに次のような一文がある。

「宮仕《づかへ》する人を、あはあはしうわるきことにいひおもひたる男《をとこ》などこそ、いとにくけれ。げにそもまたさることぞかし」

これは、宮中に女房として仕えている女（つまり清少納言自身もそのクラスの女なのだが）を、世の中の男たちは「あの手の女は、軽薄でいかんね」などと悪く言う風潮があったらしい。それはニクタラシイけれど、でもそう言われるについては、まあもっともなところもある、と清少納言は言っているのである。

どうしてかというと、宮中に仕えている女たちは、天皇の前にも出れば、取るに足《た》りない下人の前にも用足しに出なくてはならない。それが仕事だからしょうがないのだが、しかし、当時の男の目から見れば、誰の前にも姿を見せるような女は「はしたない」という感じがしたのだ。高級な婦人は、軽々しく人に姿など見せるものではないが、女房ともなれば、仕事がらそんなことは言っていられない。しかし、このクラスの女たちは、けっこう教養も高くて、いろいろと宮中のしきたりや行事などにも通暁《つうぎょう》している人が多かったのだから、彼女たちから見れば、そこらの箱入り娘よりはずっと魅力のある女なのだという自負心がある。

だからこのところは、現代に置き換えて考えてみると、たとえば箱入りのお嬢さん育ちの女に退屈した男が、テレビ局に勤めているバリバリのキャリア女に心を奪われてしまうような機微でもあろうか。清少納言はもちろんそのバリバリのキャリアのほうだから、そういう女に夫を取られてしまっても、まあしょうがないんじゃないかなあ、と思っているところがある。

ここに「あいなし」という言葉が使われていて、「すさまじ」とは言っていないのだが、この「あいなし」というのは本来「間《あい》なし」というのが語源で、「無関係である」という意味であったが、次第に「とんだ筋違いである」というような微妙な心の違和感を示す表現として使われるようになった。ここでは清少納言の気持ちはちょっと冷淡に突き放すような感じで、そんなことどうしようもないわね、というような気分を感じる。

## 待ち人が来ない夜は

さて、その次には乳母《めのと》の話が出てくる。これは、実体験でもあろうけれど、じつはそのすぐ次のところの「女むかふる男、まいていかならん」というのが言いたいために、枕の話として書いているというような感じがする。

ちごの乳母《めのと》の、ただあからさまにとていでぬるほど、とかくなぐさめて、「とく来《こ》」といひやりたるに、「今宵《こよひ》はえまゐるまじ」とて返しおこせたるは、すさまじきのみならず、いとにくくわりなし。女むかふる男《をとこ》、まいていかならん。まつ人ある所に、夜すこしふけて、忍びやかに門《かど》たたけば、むねすこしつぶれて、人いだして問《と》はするに、あらぬよしなき者《もの》の名《な》のりしてきたるも、返す返すもすさまじといふはおろかなり。

——赤ん坊の乳母が、「ちょっとでかけて来ますね」などと言って出たきり戻ってこない。赤ん坊が泣き出すから、せいぜいあやしたりすかしたりして、「ともかく至急戻ってちょうだい」と使いの者をやってみると、「今夜はもう伺《うかが》えません」とにべもない返事をよこす。こうなると、ただがっかりというだけでなく、ニクタラシイし、どうしようもない。

まあ、これが乳母を迎えにやった、なんてのはまだしも罪がないほうで、仮に、実家へ帰った妻を迎えにやったら、妻のほうから「もう帰りません」などと言われた男なんて場合だったら、ましてどんな思いがすることだろうか。

さあ、今夜は来てくれるだろうと思って男を待っているところで、夜が少し更けてきた時分に、はたしてコトコトと忍びやかに門口を叩く人がある。あ、来てくれたわ、とドキドキして、それでも自分で出ていってははしたないので、召使いの者を出して聞いてみると、なんだ、待っていたお方ではなくて、まるっきり関係ない奴が「あのー私は何の某《なにがし》ってものでございますが」などと名のって来たのであった、というようなこと、これなんか返すがえすもがっかり、なんていうくらいではとてもおさまらないくらいがっかり。

この「女を迎える男」というのは、ちょっと変わっている。女が待っていて男を迎えるというのが、日本の男女の仲の当然の形だったのだから、女を迎える男というのは逆方向だ。けれどもたとえば、夫婦として年中一緒にいるというような男女がいるとして、この女が「里下がり」つまり何かの理由で実家に帰っているという場合もある。そうして、じつはその男女の仲がもう壊れていて、女は男のもとへ帰るつもりがない、ということもあり得る。またたとえば、どこかの地方官としてひと足先に赴任していた男が、赴任先での家なども調《ととの》えて、いざ京都の女を迎えにやったら、女のほうでは鬼のいぬ間の洗濯とばかり、すっかり他の男と良い仲になっていて、男が迎えをよこしても拒絶して行かなかった、なんてことも、まあいくらもあったであろう。

そのくらい、昔の男女関係は曖昧で、男も女も自由自在に恋を謳歌したり苦悩したりしていたのである。

さらにその次の「まつ人ある所に」というところからは、いよいよ清少納言自身の経験談らしく思われる。彼女は、恋多き女であったらしく、生涯に二度までも結婚してそれぞれに子供を生《な》していたらしい。おそらく若いころはあちこちの男と浮名《うきな》を流していたのであろう。

で、男のやってくるのを、わくわくしながら待っていると、夜が少し更けたころ、まあ今で言えば夜の九時とかそのくらいであろうか。恋人というものは、本来密かに通って来なくちゃいけないので、やってきたときにも大きな音で戸を叩いたりはしない。ほんの幽《かす》かに「コトコト」という程度に叩くのだ。はたして、そういう幽かに叩く音が聞こえたら、あ、あの人が来た、と思って女は喜ぶ、期待は高まる、というものに違いない。

ところが、それがぜーんぜん関係ない奴が（つまり今だったら、「宅配便のお届けでーす」みたいな）やってきたのだったとしたら、期待したり（たぶんすでにいささか欲情までも感じて）興奮したりした分だけ、がっかりもひとしおであったろう。もう「すさまじ」という程度では、いいつくせないほどがっかりだというのである。

こういうところを読むと、清少納言という人は、なんて正直なんだろうと思わずにはいられない。歌人清原元輔《きよはらのもとすけ》の娘という教養ある家柄に生まれ、和歌にも漢詩文にも、十分な素養も積んで、中宮定子《ちゅうぐうていし》の信任も厚かった女房でありながら、なにもかも赤裸々《せきらら》に、隠すところなく書いている。

その口ぶりは、ときに過激に、ときに人情味豊かに、ときに大笑いし、ときにホロリともさせてくれる。じつに巧《たく》みな語り手なのであった。

おそらくは、中宮を中心とした宮廷サロンにあって、清少納言はその定子らの栄枯盛衰を目《ま》のあたりにし、そしていつも覚めた目で、何でも見て、ときには笑いさざめく話の輪の中心に居たり、そういう存在であったに違いない。

そういう面白さを、どこまでも味わってみると、なんだか目前に生きている清少納言と対面しているような気さえしてくる。

本書は、言ってみれば、学校では教えてくれない、『枕草子』の、うーんと深い読みかたを伝授しようというわけである。

『枕草子』は、決してわかりにくい難しい「文学」ではなくて、むしろ抱腹絶倒の笑い話だったり、そりゃいくらなんでも言い過ぎではないかと思うくらいの言いたい放題であったり、ときにはエッチでびっくりもさせられるし、そうかと思うとしんみりホロリともさせてくれる。そこを、私はせいぜい言葉をつくしてわかりやすく面白く読者諸君に伝えたいと思うのである。

さてさて、この章はまだもう少し続くのだが、この続きは次講でということにしよう。

# 第2講

# 清少納言はちょっと辛辣！

［第二十五段］

## 修験者もただの人?!

さてと、前講に引き続いて、第二十五段の後半を読み進めようか。

この段はともかく「すさまじきもの」、つまり、心の荒《すさ》むような感じ、がっかりするような事柄、ということを暮らしの種々相のなかから、あれこれと論《あげつら》ってみせているところであった。

験者《げんざ》の物のけ調《てう》ずとて、いみじうしたりがほに独鈷《とこ》や数珠《ずず》などもたせ、せみの声しぼりいだして誦《よ》みゐたれど、いささかさりげもなく、護法《ごほふ》もつかねば、あつまりゐ念《ねん》じたるに、男《をとこ》も女もあやしとおもふに、時《じ》のかはるまで誦《よ》みこうじて、「さらにつかず。立《た》ちね」とて、数珠《ずず》とり返して、「あな、いと験《げん》なしや」とうちいひて、額《ひたひ》よりかみざまにさくりあげ、あくびおのれうちしてよりふしぬる。

——密教の修験者が、物の怪《け》を調伏《ちょうぶく》するというので、もうそれはそれはもっともらしい顔して、連れて来たよりましの童《わらべ》に独鈷《とこ》だの数珠《じゅず》だのもたせて、まるで蝉の鳴くような妙な声を絞り出してお経だの真言《しんごん》だのを誦《ず》していたけれど、まあいっこうにそれらしいことも起こらず、調伏の手助けに現われてくるはずの護法童子《ごほうどうじ》とやらもさらに現われる気配すらなく、そこに集まって固唾《かたず》を呑んでいた家族たちは、男衆も女衆も、みな心中に「なんだかアレ、おかしいんじゃなかろうか」と思い始めている。それやこれやで、験者のほうでは時刻の移るまで必死に呪文を唱えているけれど、とうとう困り果てて、「どうも一向に物の怪が憑《つ》きゃしない。もういいから立って」と、その童子から数珠をとり上げ、「あーあ、まったく効き目がないや」と、言い放ち、おでこの辺りから頭のほうへ掻《か》きむしるような動作をして、大欠伸《おおあくび》なんぞして、そのままごろっと寝てしまった。……こんなのはまったくがっかり。

清少納言という人は、非常にドライな感性を持っていたと見えて、当時の人たちにとっては、魔術であり医療であり鎮魂でもあった、こうした行ないに対しても、またありがたい教えとして尊崇すべきはずの仏教などに対しても、必要以上に没入することなく、いつも一歩離れて冷徹な目と心で眺めているところがあった。そういう章段はこれから先にもいくつか出てくるけれど、ここなどもその好個《こうこ》の一例である。

『源氏物語』などを見ても、こうした験者《げんじや》の調伏《ちようぶく》などは「恐ろしいこと」であった筈なのだが、清少納言の筆にかかると、まるっきりただのオヤジである験者の実相《じつそう》が、青天白日のもとに曝《さら》されて見える。蟬のような声で経を読むだとか、全然効果がなくて照れ隠しのやけくそで頭を搔き搔き大欠伸をする坊主頭の様子だとか、まるで眼前に見えるような鮮やかさである。むしろ、本来もっと品格高く尊敬できる存在でいてくれなくてはいけない人が、こんなふうに俗物臭ふんぷんたるところを見せられると、彼女はずばり歯に衣着《きぬき》せずに言わずにはいられない、それだけつまり正直だということである。

## 眠いのに「せめて物いふ」興ざめな人

いみじうねぶたしとおもふに、いとしもおぼえぬ人の、おしおこしてせめて物いふこそいみじうすさまじけれ。

——ひどく眠たいと思っているときに、まあさして親しくも思っていない人が、むりやり揺り起こして、しきりと話しかけてくる、なんてのはほんとにほんとに興ざめ至極。

これ、なにげなく読み過ごしてしまうと、なんでもないようなところなのだが、よくよく考えてみるとけっこう含蓄《がんちく》がある。

ひどく眠たいと思っているんだから、まあ当然のことながら夜である。その夜になって、清少納言を揺り起こす人というのは、いったい何であろう。そして「せめて物いふ」とは、なにを話しかけるのであろう。

「ちょっとさあ、少納言さん、わたしがさっきまで読んでた本、どこに置いたか知らない？」ってなことを、朋輩《ほうばい》の女房が尋ねかけてきた……なんてわけはない。そんなのだったら、「せめて物いふ」というような言い方はすまい。せめて物いふ、というのは、少納言としては別に話したくもないところを、しつこく無理強いに話しかけてくるというほどの強い意味である。

私はこれは、間違いなく男だろうと思っている。『枕草子』は、まことに隅《すみ》に置けない本で、こういうふうにちょっとした片隅に、そうとうに色気のある話をごくごくさりげなく書き込んであるのだ。

清少納言の、これは実経験だと思うのだけれど、何人もの男が彼女のところに通って来ていた、そのなかには、むろん、一晩をともにすることが女として心身ともに悦《よろこ》びであるようなお方もいた。けれども、中には、「まあ、どうでもいいんだけどさ、アイツは」という程度の男だって通わせていたのであったろう。あるいは一時的には好意を持ったけれど、すぐに熱が冷めてしまって、もう逢いたくもないのだが、男のほうはなお未練で通って来るというようなことだったかもしれない。

そういう男なのだ。この「せめて物いふ」のは。

彼女自身は、もう疲れて寝たい。ところがそういうときに限って、かかる気の利《き》かない奴が現われる。振られ男には、しょせん振られなくてはならない理由がある。

ところが鈍感な男めは、そんな少納言の気持ちを斟酌《しんしゃく》しないで、図々しく閨《ねや》に入り込んできては彼女を揺り起こしたりするのである。

「なによ、ンもーーーぉ」と、彼女は内心舌打ちをしたに違いない。しかし、もうそこに来ちまってるものを、そう無下《むげ》に追い出しもならぬ。しょうがないから、適当に返事をして眠い目をこすっていると、まあ気の利いた男なら、その様子を見ただけで、洒落《しゃれ》た歌の一つも詠んで小粋《こいき》に退散するところだけれど、無粋《ぶすい》な奴はそこがわからない。

それで、「あのさ、ちょっと話聞いてよ」とかなんとか、彼女にとってはまったくどうでもいいようなことを、とくとくと話しかけてくる。もう返事するのも億劫《おっくう》で、愛想《あいそ》もこそも尽き果てるというものである。

ね、そういう男っているでしょう、皆さんの周りにも。そう思ってこのところを読むと、たったこの二行だけの文章のなかに、なんと豊かな情感がこもっていることであろうか。

このあと、ちょっと飛ばして、先を急ぐことにしよう。

## がっかりな「歌詠み」

よろしうよみたるとおもふ歌を人のもとにやりたるに、返しせぬ。懸想人《けさうびと》はいかがせん、それだにをりをかしうなどある返事せぬは、心おとりす。

またさわがしう時めきたる所に、うちふるめきたる人の、おのがつれづれといとまおほかるならひに、むかしおぼえてことなることなき歌よみておこせたる。

――よし、これは上手に詠めたとけっこう自信のある歌を誰かのところへ贈ったところが、いっこうに返し歌がないと、がっかりする。想いをかけた人のところへ贈った恋歌だったら、まあそういうことも仕方ないかもしれない。いや、それだって、せっかく念入りな歌をもらったのに、季節の風物詩だとかしみじみした風情のあれこれだとかを詠み込んだ返歌をしないのは、やっぱりいかにも心得のない人間のような気がして興ざめなもの。

また、人の出入もしげく、今が旬《しゅん》だというような忙しい人のところへ、もういい加減忘れられてしまっているような老人が、自分は暇人《ひまじん》ですっかり退屈してるもんだから、昔ちょっとばかり知り合いだった程度のことなのに、どうってことないような歌を詠んでよこしたりする、これもじつに鬱陶《うっとう》しい。

このところは「歌詠む」というテーマで二つの話題が取り上げられている。こういうのは、この時分の習慣を知らないと面白さがわからない。

昔、しかるべき教養ある人は、たとえば、四季折々のなにくれにつけて、花が咲いた、ほととぎすが啼《な》いた、秋風が吹いた、初霜が降りたなどなど、なにかにつけては歌を詠んで、それを美しく書いて適切な贈り物に添えて届けさせる、というようなことをするのが習わしだった。

たまさか「うん、これはよく詠めた」と思えるような歌が出来たときは、とりわけ歌などの趣味をよく心得た教養ある人にそれを贈る。当然そのときには、どんな洒落た返歌が返ってくるだろうと、そこに興味と期待を持って贈るのだ。ところが、忙しかったんだろうか、それとも下らないと思われたんだろうか、何の音沙汰もないというようなことになると、贈るときに力こぶを入れていた分、がっかりも甚《はなは》だしいのである。

その次の「懸想人はいかがせん」というのをどう解釈するかには諸説あって一定しないが、私は、こう思う。

昔の恋というものは、かならず、まずは男のほうから恋文を書くのが決まりのようになっていた。そしてその恋文には必ず恋の歌が含まれていなくてはならなかった。洒落た恋歌ひとつ詠めないような唐変木《とうへんぼく》な男はダメな奴という烙印《らくいん》を押されてしまうのが当然だったのである。ところが、女は、そういう恋文を貰って、仮に自分のほうでも憎からず思っている男からだったとしても、「わっ、嬉しい！」と舞い上がって、さっそく返事を書いたりしてはいけないのであった。そういうのははしたない女と思われるのである。

品格ある上等の女は、まずどんな恋文にも、最初は拒絶的なところを見せなくてはいけない。

たとえば、あの小野小町《おののこまち》は、ご存じのとおりの絶世の美女であったが、美女であり教養ある女であった分、男たちからの降るような求愛に対して、いずれも冷淡にはねつけなくてはならなかった。いや、正確に言うと、彼女が魅力ある麗人《れいじん》であったということを物語るためには、拒絶する女として描かなくてはならなかった、とでも言ったらいいだろうか。それで、しまいには、深草《ふかくさ》の少将が百夜《ももよ》も通ってとうとう悶死《もんし》したというような説話が生まれたり、あるいは小野小町は男を受け入れたくてもその受け入れる器官の無い体ではなかったのかというような、いわゆる「穴無し小町」なんて、どうしようもない俗説まで吹聴《ふいちょう》せられるに至ったのである。

だから、男から到来した恋歌恋文に、女がただちに反応しないことについては、「まあそういうことはあってもいいでしょうけどね」と言っているのである。清少納言は、教養も格式もある女として、こういう物言いが出るのだと、私は思っている。

実際、『平家物語』にも、平《たいらの》通盛《みちもり》の妻となった小宰相《こざいしょう》局《のつぼね》という人は、通盛が何度恋文を送っても、それを取り上げて見ることもしなかった、という話が出ている。当然返事はしないわけである。ところがその恋文を袴《はかま》の腰に挟んでおいたところが、ついうっかり上西《しょうさい》門院《もんいん》の前で落っことしてしまった。これを見て女院《にょういん》は「これはどうしてもお返事をすべきですよ」と仰せになって、自ら返歌をしたためて送り返させたと、そういう話がある。

ここもつまり、そういうことを言っているのであろう。女としては、最初は返事をせずに黙殺してもいいけれど、より良いやりかたは、折々の風物詩などをさりげなく詠み込んで、しかし内容的にはきっぱりと拒絶するような歌を詠んで返すことである。だから、いつまでも返事をしないでいると、歌が詠めないんじゃないかと疑われて興ざめになりますよ、と警告をしているのでもあろう。

その次の、老人が暇に任せてどうでもいい歌を詠んでよこすということについては、まあ、現代でもよくある話ではないか。忙しいときに限って、そういう暇人がやってきていつまでも話し込んでいる、けれども相手は目上の年長者だから、そうそう無下に追い返すこともできない、しょうがないから、忙しいのに相手をしなくてはならない、そういうことってあるでしょう。ここはそれと同じようなことで、こういう古ぼけた老人の暇つぶしに付き合わされるのは、まったく興ざめで鬱陶《うっとう》しいものだと嘆いてみせたのである。おそらくそういう経験は宮中にはいくらもあったのであろう。

さて、このあとまた少しカットして、先を急ぐ。

## 親の「昼寝」

婿取《むこと》りして四五年まで産屋《うぶや》のさわぎせぬ所も、いとすさまじ。おとなる子《こ》どもあまた、ようせずは、孫《むまご》などもはひありきぬべき人の親《おや》どち昼寝《ひるね》したる。かたはらなる子《こ》どもの心地《ここち》にも、親《おや》の昼寝《ひるね》したるほどは、より所なくすさまじうぞあるかし。

――婿《むこ》どのを迎えて四、五年にもなるというのに、一向に子どもができなくて、産屋《うぶや》の沙汰もない、そういうのもさぞがっかりであろう。

また、もうすっかり大人になっているような子どもが何人もいるような、いやそれどころか、どうかすると孫までいて、そこらで這い回っているような、良い年の夫婦が、昼間っからあられもなく同衾《どうきん》している。わきでそれを見ている子どもの心持ちからすれば、さような按配《あんばい》に両親が昼寝をしている間ってものは、近寄ることもできないし、声をかけることもできないしで、まったく居場所のない感じがして、なんともかんとも心の荒《すさ》む思いになる。

昔はお産のような血の汚れのある行ないは、普通の座敷ではなくて、別棟別火《べつむねべつか》の小屋にこもってすることになっていた。それを産屋《うぶや》という。それが一向に懐妊の様子もないので、産屋を建てようかという騒ぎもない、ってのはいかにもがっかりすることだったにちがいない。

さてその次がまた問題発言である。

ここで言う「昼寝」とは何だろうか。

成人した子どもが何人もいて、孫までいる、となるとこれはもうまさに分別ざかりの年ごろ。男はともかく、女はおばあちゃんになってるわけだから、そろそろ閨事《ねやごと》めいたことは卒業してもらいたい、という年齢である。

ところが、そういうまったく良い年の夫婦が、こともあろうに昼間から同じ寝床に入って寝ているというのである。このところ、単にグウグウ昼寝してるだけなら、老人の昼寝ゆえ、誰も咎《とが》めるに及ばない。ああ、また爺さん婆さん寝穢《いぎたな》く寝ちまって、と憫笑裡《びんしょうり》にことがすむ。ところが、この清少納言の憤懣《ふんまん》やるかたない口調からすると、ここでは単に寝てるのではなくて、同衾してせっせと何かイタシテいる様子なのだと見なくてはいけない。

昼寝ということについては、第百九段「見ぐるしきもの」というところでも筆が及ぶ。曰く、「色くろうにくげなる女《をんな》の鬘《かづら》したると、鬚《ひげ》がちに、かじけやせやせなる男《をとこ》と、夏昼寝《ひるね》したるこそ、いと見ぐるしけれ。なにの見るかひにて、さて臥《ふ》いたるならん。夜《よる》などはかたちも見えず、また、みなおしなべてさることとなりければ、我はにくげなるとて、起《お》きゐるべきにもあらずかし」と。

つまりこれはこういうことである。

「色が真っ黒で不細工な女で、カツラなんぞ着《つ》けた者と、鬚《ひげ》モジャでなんだかしなびたような顔つきをしてガリガリに痩せたような男とが、夏、真っ昼間に抱き合って寝ているのなどは、それこそ見苦しいというものだ。いったいぜんたい、なにもかもあからさまに見えてしまう昼日中に何が面白くてかくのごとく同衾なんぞしているのであろう。これが夜だったら、まあ真っ暗だからどんな醜い姿でも見えやしないだろうし、夜に『そういうこと』をするのは当たり前のことゆえ、そうやって抱き合っていてもどうということはない。なにも自分は醜いから同衾するのはやめてずっと起きていましょうなどと思う必要はないというものだけれど……」

つまり第二十五段の「昼寝」もそういうことだと見ると、少納言の憤激も理由がわかる。いかにも無分別でイヤラシイ、つまりは、はしたなさにがっかりする行ないだというわけである。もう大人になってる子どもらの立場としてはなんとしても居場所のない感じがする、というのは至極のごもっともである。

翻《ひるがえ》っていうと、この時代には、そのくらい性交渉があけっぴろげに行なわれていたのであろう。

で、たぶんそういうセックス場面からの連想で、次に続くのである。

## 一日ばかりの精進解斎

寝《ね》おきてあぶる湯《ゆ》は、はらだたしうさへぞおぼゆる。

十二月《しはす》のつごもりのながあめ。「一日ばかりの精進解斎《さうじんげさい》」とやいふらん。

――（せっかく寝ようと思っていたのに、ついつい欲望に負けてしまって、）事後もう一度起き出して体を清めにいかなくてはならないなんてことになると、そういうときの湯浴《ゆあ》みは、（ああ、よしときゃよかったと）自分自身に対してがっかりして腹立たしくさえおぼえる。十二月の大晦日《おおみそか》に、つれづれと雨が降っている。こういうときは物忌《ものい》みの謹慎生活をしなくちゃいけないのに、そのたった一日の精進潔斎《しょうじんけっさい》が守れない、こういうのを世に「一日ばかりの精進解斎」というのであろう。

このところ、「寝おきてあぶる」の前に「師走のつごもりの夜」という一句が置かれている本もある。意味としてはそちらのほうが通りが良い。もしそちらの本文に従うとすると、大晦日は正月の神迎えのための準備としていっさいの汚れを祓《はら》って清浄《しょうじょう》な物忌みに過ごさなくてはいけないのに、してはいけないと思うとますますしたいのが人間の理不尽なる欲望というもので、ついついその禁を破ってセックスをしてしまったのだ。すると、せっかくもう清浄に清めて、さっきまでそのまま寝ようと思っていたのが、もう一度湯殿《ゆどの》まで出向いて体をきれいに洗い清めなくては神罰が当たるというわけである。大晦日の夜だから寒さも寒し、面倒も面倒、というわけで、我慢できなかった自分に腹がたって、もうイヤになっちゃうわ、という溜《た》め息をついているところでもあろう。ほんとに人間的でなんともいえないリアルさがある。

そもそも大晦日は物忌みの日である。しかも、例えば五月の長雨（梅雨）のころなどは、厳重に物忌みをして過ごすのが伝統で「長雨忌《ながめ》み」という言葉さえあった。そこから日本人にとって、長雨は物忌み（禁欲、謹慎）という心的コードと結びついていたと目《もく》される。というわけで、大晦日といい、長雨といい、重ね重ねの物忌みの筈のところを、欲望に負けてしまう弱い心、それはまた弱いからこそ人間的な心でもある。

おおかた、人間と生まれて房事《ぼうじ》の誘惑に抗《あらが》いがたいのは千古不易《せんこふえき》の人情で、だからこそ、この時代にも「一日ばかりの精進解斎」という諺《ことわざ》があったのであろう。

きれい事をあれこれ書くのは誰にもできる。しかし、正直に赤裸々に思いを綴《つづ》って、しかし品《ひん》悪くならない、というのは、決して誰にでもできることではない。

清少納言という人の魂の非凡さは、こういうところに際《きわ》やかに顕《あらわ》れているのである。

第3講

# いい男とはどんな人？

［第六十三段］

## 暁に帰っていく人は、だらしないほうがいい

第六十一段は「滝《たき》は」という章で、おとなしの滝、布留《ふる》の滝、熊野《くまの》の那智《なち》の滝、とどろきの滝など、滝の名を挙げて述べ、第六十二段「河は」では、飛鳥川《あすかがわ》、大井《おおい》河、おとなし川、七瀬川《ななせがわ》など、川の名高きものを論じている。さてまた第六十四段「橋は」、第六十五段「里は」、第六十六段「草は」と、このあたり、いずれも「ものはづけ」の文章が坦々《たんたん》と続いていくのであるが、さるなかに、突然、第六十三段という章だけは、全然ちがう様相を呈している。

ちょっと謎々めいたものはづけの章どもが並ぶなかに、いきなり小説の一場面のような文章が現われてくるので、読者はびっくりしながら、しかし、どうしたってその意外な展開の一章に心を引きつけられるに違いない。

それはこういう章段である。

あかつきに帰《かへ》らん人は、装束《さうぞく》などいみじううるはしう、烏帽子《えぼうし》の緒《を》、元結《もとゆひ》、かためずともありなんとこそおぼゆれ。いみじくしどけなく、かたくなしく、直衣《なほし》・狩衣《かりぎぬ》などゆがめたりとも、誰《たれ》か見知《し》りてわらひそしりもせん。

——暁に帰っていく人は、装束《しょうぞく》など、どこまでもきちんと調《ととの》えなくたってよいのだし、烏帽子《えぼし》の紐を髷《まげ》の元結《もとゆい》にがっちりと結んだりもしないほうがいいのに……、と思われる。たいそうだらしなくて、ぶざまで、直衣《のうし》や狩衣《かりぎぬ》などをゆがんで着てたとしたって、あたりは暗闇なんだから、誰がそれを見知って笑ったり謗《そし》ったりするものですか。

いきなり「あかつきに帰らん人」を話題にのぼせたのは、ちょっと読者をびっくりさせたかもしれない。しかも、それがだらしない格好で帰っていくほうがいいのだ、と妙なことを主張している。おやおや、とここは誰もがちょっと意外の感を催すにちがいない。それがこの文章の、いわば「しかけ」なのだ。

そもそも、なんで突然にこんなことを少納言は言い出したのだろう。

じつは、この直前、第六十二段の終わりに、「天の川原《あまのかはら》、『たなばたつめに宿からん』と、業平《なりひら》がよみたるもをかし」という一文がある。これは、「河内《かわち》の国の天の川原、そこで『たなばたの織姫に宿をかりましょう』と業平が歌に詠んだのもおもむき深い」というほどのことなのだが、この、どこかの女の家に宿りをして……ということから連想して、じゃあ、その女の家から帰っていくときは……と思いついたというところでもあったろうかと思われる。

こんなふうに、『枕草子』は、作者清少納言の心のなかに次々と思い浮かんだその連想のままに、自在に飛躍し、あちこちと話題が転じていくところがまた、読者を飽きさせない、随筆の妙味だともいえようか。

さて、この「あかつき」という言葉について、すこし説明しておかなくてはなるまい。

## 「朝」を表わす言葉

日本の古い言葉には、現代の「朝」にあたる言葉がいくつもあった。あさ、あした、あかつき、あけぼの、あさぼらけ、あけがた、よあけ、あさあけ、つとめて、等々さまざまの言葉で朝を表現するのだけれど、これらにはちょっとずつニュアンスの違いがあった。

まず「あさ」と「あした」。昔の日本人は、朝から始まって昼、夕、宵、と進んでいく時間の流れの感じ方と、宵、夜、夜半《よわ》、と進んでいってその果てに朝があるという感じ方と、二通りの時間の感じ方があった。この朝から始まる場合、その朝を言うときは「あさ」と言ったが、夜から次第に進んでその果てに朝を迎えるときには、これを「あした」と言った。後にはこういう区別もだんだん曖昧になってくるけれど、平安時代くらいまでは、あきらかにそうした使い分けがあったことが知られている。

「あかつき」は、朝のもっとも早い段階を言う。なにしろ、「あかつきやみ（暁闇）」という言葉があったくらいで、まだ真っ暗な時間帯を「あかつき」と言ったのである。

これに対して「あけぼの」は、しらじらと夜が明けて来た、そういう時間を指す。例の「春はあけぼの。やうやうしろくなり行く、山ぎはすこしあかりて……」という有名な本書の書き出しの一節が、まさにその時間としてありようを如実に物語っている。やっと空が白んできて、東の山のあたりから光が射してくる、そんな感じの時間なのだ。

「あさぼらけ」というのも、時間的には、「あけぼの」と同じころを指すのだが、しかし、これはだいたいの傾向として、あけぼのは春、あさぼらけは秋か冬、というような季節的な使い分けがあったらしい。

「あけがた、よあけ」という言い方の間には、さしたる意味の違いはなくて、漠然と朝の時間帯を指すという感じがする。

また「あさあけ」は、「朝明け」で、おそらくは「あけぼの、あさぼらけ」と同じような時間帯を指すのだが、ただ、この言葉には季節的なニュアンスはなく、それよりも「朝朱《あさあけ》」つまりは「朝焼け」の空をイメージする気持ちがある場合がある。

「つとめて」は、もうすっかり朝になって人が動き出している時間帯としての早朝で、「あけぼの」よりさらに遅い時間である。

つまるところ、概して言えば、夜→夜更け→あかつき→あけぼの→つとめて、というふうに時間が推移していくというふうに見ておいて大過ない。

朝の時間を、かくも微妙に言い分ける言葉があったということには、その背後に、やっぱり朝という時間のもつ恋愛的な意味を考えておくのが当然である。

つまり、昔の男たちは、かならず暗くなってから女のところへ通ってきて、明るくなる前に帰っていく、という不文律のようなものがあったのである。

女にとって、それは名残《なごり》惜しい別れの時間であり、したがって、ほんのちょっとした時間の経過にだって、気持ちの中では大きな意味があったに違いないのだ。

そうして、標準的には、男は「夜」にやってきて、「あかつき」に帰っていく、というのが約束であった。

恋はなべて密かに遂行《すいこう》されなくてはいけないので、これが他人にばれると、とかくよからぬ噂を立てられたり、ひいては恋に邪魔立てが入るもといともなると、わが祖先たちは信じていた。

だから、人に見られる可能性のある明るい時間は恋にはタブーだったわけである。

と、こうした「あさの常識」を知った上で、このところは読まなくてはいけない。

男は夜深《よぶか》く通って来て、女と床《とこ》を共にする。

男も女も、その着ていた衣《ころも》を脱いで温かく抱き合っていた。そういう時間はしかし、あっという間に過ぎる。

にくらしい一番鶏《いちばんどり》が鳴く。

あ、もうまもなく夜が明ける、と女は思うであろう。そのとき、男はまだ眠っているかもしれない。

女の気持ちからしたら、もし男に対して深い愛情を持っている場合には、この時間はもっともっと長く続いてほしいに違いない。男ができるだけ目覚めないで、この床に添い寝していてほしい。それが女心というものである。

だから、清少納言は、こう言うのである。

暁に帰るのは男として当たり前かもしれない、けれども、だからといって、何の未練もなく、早々と起きてきちーんと身支度なんかして帰るのは、あまりに冷淡な感じがするじゃありませんか、と言うのだ。

やっぱり、なかなか起き難《がた》いという気持ちを見せて、いつまでもいっしょに寝床にぐずぐずずしてて、いよいよぎりぎりの時間になったら、もうだらしない格好でいいから、身じまいもそこそこに、未練たっぷりに帰っていってほしい、それが女の正直な願いなのであろう。そこで彼女は、次のように言い続けていくのである。

## 「暁の別れ」は未練たっぷりでいてほしい

人はなほあかつきのありさまこそ、をかしうもあるべけれ。わりなくしぶしぶに起《お》きがたげなるを、しひてそそのかし、「明けすぎぬ。あな、見ぐるし」などいはれて、うちなげくけしきも、げにあかず物憂《う》くもあらんかしと見《み》ゆ。指貫《さしぬき》なども、ゐながら着《き》もやらず、まづさしよりて、夜《よる》いひつることの名残《なごり》、女の耳《みみ》にいひ入《い》れて、なにわざすともなきやうなれど、帯《おび》など結《ゆ》ふやうなり。格子《かうし》おしあげ、妻戸《つまど》ある所は、やがてもろともに率《ゐ》ていきて、昼《ひる》のほどのおぼつかなからむことなども、いひ出《い》でにすべり出でなんは、見おくられて名残《なごり》もをかしかりなん。

——男というものは、この暁の別れのときの様子が肝心で、ここぞとばかり情緒纏綿《じょうしょてんめん》とした様子であってほしい。たとえば、こんなふうに。

自分からさっさと起きたりしないで、なんだか知らないけれどいつまでも寝ていたいというような様子で寝床にいるところを、女のほうから、強いてせっついて「ほら、もう夜が明けちゃうわよ。ね、人に見られたら大変でしょ、起きてね」などと言わせて、そう言われて初めて、大きな溜め息なんかついたりしている、その様子は、「ああ、やっぱりもっといっしょにここに寝て居たいのね」と女に思わせてくれる、そうでなくてはね……。

指貫《さしぬき》(平安貴族のゆるやかなズボン)なんかも、さっさと穿《は》かないで、いつまでも下着姿で座ったまま、それで、すっと近づいてきて、夜のうちに交《か》わした睦言《むつごと》の続きみたいなことを、女の耳もとにささやいて……、そんなことしながら、女の気付かないうちに、いつのまにか、ひとりで帯なんか結んでいるらしい。

それでね、格子戸《こうしど》を自分で手ずから押し上げてみたり、そうかと思うと、開き戸のところまで、抱き合うようにしたまま連れていって、「おれはこれで帰らなくちゃいけないけれど、ああ、おまえと逢えないでいる昼の間が辛《つら》いな。早くすぐにもまた逢いたいよ」というようなことを言いながら、そのささやきとともにするりと滑り出て帰っていく……、だから、装束だって曲がって着てるかもしれないし、烏帽子もちゃんとは結んでないかもしれないけれど、でも、女としたら、そんな男の後ろ姿こそ、いつまでも見送っていて名残惜しい気持ちになるものなのだ。

ああ、生々《なまなま》しいなあ、と、私は心の底から思う。

なるほど、帰っていく男の服装はだらしないほうがいいじゃない、とつぶやく清少納言の真意はこういうことだったかと、しっくり得心が行く。

はたして、彼女の実経験のなかで、こんな絵に描いたような「いい男」がいたのかどうか、たぶん、いたのだろう。そうして、もし恋人と暁に別れなくてはいけないと前提するなら、やっぱり男たるもの、こんなふうであってほしいと願うのは、蓋《けだ》し当然のなかの当然というものだろうと、女ならぬ身の私も思う。

翻《ひるがえ》って、男の身の私としたら、恋人と一夜を過ごして、あるいは一夜を過ごさなくても一儀《いちぎ》を終えて、さてもう帰らなくてはならないというときに、できるだけその別れの時間を

情緒豊かに、名残惜しげに、とは思うものの、実際に男は、なかなか女の願うほど飽かぬ風情にとはいきがたい。江戸の川柳に、

打《うち》解《と》けりゃ男の知恵がもどかしい

（天明七年『折句《おりく》駒むかへ』）

というのがあるが、これは、共寝をして果てての後に、急に醒《さ》めて理性的になってしまう男の心と、なお思いが募って醒めやらぬ女の生理との、微妙にして避けがたいズレを詠んでいるのである。つまるところ、こういうすれ違いは、清少納言も川柳子も同じことであったというわけである。

さて、その続き。

## 殺風景な「暁の別れ」

思ひ出《で》所ありて、いときはやかに起《お》きて、ひろめきたちて、指貫《さしぬき》の腰《こし》ごそごそとかはは結《ゆ》ひなほし、うへのきぬも、狩衣《かりぎぬ》、袖かいまくりて、よろとさし入《い》れ、帯《おび》いとしたたかに結《ゆ》ひはてて、ついゐて、烏帽子《えぼうし》の緒《を》きとつよげに結《ゆ》ひ入《い》れて、かいすうる音《おと》して、扇《あふぎ》・畳紙《たたうがみ》など、よべ枕上《まくらがみ》におきしかど、おのづから引《ひ》かれ散《ち》りにけるをもとむるに、くらければ、いかでかは見えん、いづらいづらとたたきわたし、見出でて、扇《おふぎ》ふたふたとつかひ、懐紙《ふところがみ》さし入れて、「まかりなん」とばかりこそいふらめ。

――なにか用事でも思い出したのか、もうたいそうスキッと起きて、それからせわしなく動き回って、指貫《さしぬき》の腰のあたりをゴソゴソガバガバと結び直したり、袍《うえのきぬ》やら、狩《かり》衣《ぎぬ》やら、ともかくその袖のあたりをエイッとまくり返したりしつつ、ガサリと腕を差し入れてみたり、そうかと思うと、帯をギチギチと固く結び終わって、そのままサッと膝を突いて、こんどは烏帽子《えぼし》の紐をキュッと強く結びつけて、しっかりと被《かぶ》る。さて身支度が出来たと思ったら、こんどは、そこらへんをなにやら探し回っている。何を探してるのかと思うと、扇とか懐紙《かいし》などを、昨夜床《とこ》に入ってきたときに、枕のあたりに置いたものが、どうしたって自然に散らかってしまったのを探している。だけれど、なにしろ真っ暗だから、どこにあるのかさっぱり見えない。で、「えーと、どこかなあ、どこかなあ」などと言いながら手探りでそこらへんを叩いて回ったあげく、見つけて、見つけた扇でバタバタと煽《あお》いでは、散らかった懐紙をさっさと懐に入れて、「じゃ、これで帰るよ」と情緒もなにもなく言う、そういうのはなあ……。

これまた、ずいぶんと極端な違いの別れ際であるが、どうもこうやって読んでみると、この殺風景なほうの男の様子には、あまりにもまざまざとしたリアリティがあって、こういうのは、きっと清少納言自身の抜き差しならぬ実体験から出ているに違いないと思わずにはいられない。いや、男の多くは、セックスも終えて、さっぱりとしてしまった後の別れの発《た》ちざまなどは、まあたいていこんなものであったろう。

それにしても、男が夜にやってきて、そのときは女への思いも募っているから、もどかしく衣を脱いで、そのままにして女の閨《ねや》に体を差し入れていく。一儀の後は、その枕もとに置いた懐紙で、後始末などするから、そういう紙屑が床のあたりに散らばっている、そういう描写の生々しさはどうだろう。

ところが、終わってからは、もう用無しとばかり、さっさと身支度を調《とと の》えるについて、そこらへんに脱ぎ散らかしてあった着物の袖が裏返っていたのをゴソゴソと音も高く戻しながら腕を突っ込んでみたり、ズボンの腰ひもをやけに事務的に結んでみたり、はては、ベッドサイドに散らかした懐紙の束なんぞを、四つんばいになってそこらじゅう手探りで探して、持ち帰ろうとしている、まことに現実的というか、あきれ果てるというか、そこには前半の「理想の別れ」の如く、女の耳もとになにか優しいことをささやこうとか、出口のところまで、彼女を抱いて別れを惜しみ惜しみ出て行こうとか、そんな心遣いは微塵《みじん》も見られない。

女は性愛的なことについても、男よりははるかに情緒的で、その思いは持続的である。しかし、男のそれはまことに物理的に単純で一時的である。女から見たら、じっさい、どうして男ってやつはこうなんだろうと思うことばかり多いかもしれぬ。

その女の目から見た、別れ際の男の姿のあれとこれ、なんだか清少納言の、いや、彼女だけでなく、彼女に代表される女たちに共通の経験と歎《なげ》きが、赤裸々《せきらら》に綴《つづ》られているように読めてきて、その背後にあるエロチシズムにも、思わずはっとさせられるものがある。

今は仮に、これをまったく違う二人の男の様相の対比として見ておいたのだけれど、あるいは、一人の男の心変わりと見ても面白い。

男も、恋心が募って女に口説き寄り、努力に努力を重ねてようやく床をともにすることができた、その当初は恋心も燃え上がり、愛しさも募るから、しばらくの間はこの前半に描かれた男のように、ねんごろに別れを惜しんで女を感激させたかもしれない。

しかしながら、それも度重なって、彼女にも馴れてくると、どうしたって当初の情熱は失せる。そうなると、男は女心のあれこれよりは、直面する現実のほうに心が向いてしまって、この後半の男のようなテイタラクとなることもきっとあっただろう。

## 男女のすれ違い

元来、男は夜通って来て、暁の暗いうちに帰っていくのが常識であった。そして、この別れのときには、脱いであった着物を男も女も着て別れるということから、「衣々《きぬぎぬ》の別れ」などと美しいことを言ったものだ。そうしてなお、男が帰ってすぐに、いま別れてきた女のもとへ恋文（きぬぎぬの文）を送ってよこすのが望ましい恋のありようだったのである。

ここには書かれていないけれど、前半のような望ましい別れをした男は、きっと心のこもった「きぬぎぬの文」をよこしたに違いないが、後者のほうになれば、まったく音沙汰無しであったか、または、よこしてもごく通り一遍の文面で女をがっかりさせたかもしれない。

まずまず、「衣々の別れ」の実相は、おおかたこんなものであったという女の幻滅と自嘲が、ここには感じられる。

はるかに時移って、現代の歌人、林《はやし》あまりの歌に、

わたしが服を着ていないのに
　もう靴をはく〈夫〉で〈父親〉のひと

という作がある。これは家族持ちの男と若い独身の「わたし」の「きぬぎぬ」の場面であるが、ここには、清少納言が千年前に描きだしたのと、ほとんどぴったり重なってくる男女の心の動きの齟齬《そご》が描き取られている。

ああ、恋の情、男と女のすれ違いというものは、古今貴賤《こきんきせん》なにも変わりはしないのだな、と、つくづく懐かしくなるのはこういう所を読んだときである。

# 第4講

# ありやりやの心地

［第九十五段、第九十六段］

# 舌打ちしたくなるもの

第九十五段、第九十六段、第九十七段、第九十八段というところは、それぞれ「ねたきもの」「かたはらいたきもの」「あさましきもの」「くちをしきもの」という「ものはづけ」の章が並んでいるのだが、これらはいずれも嬉しからぬ感情をいう形容詞で、それからそれへと、連想で書き進んでいったことがよくわかるところである。

それらは、何気なく読んでいくと、どうということもないような感じなのだが、その書かれている場面や状況を一々に思い描きながら熟読してみると、なんとまあ生き生きとした描写だろうかと、少納言の人間くささが、ずんと心に響いてくる。

まず、第九十五段。

ねたきもの　人のもとにこれより遣《や》るも、人の返りごとも、書《か》きてやりつるのち、文字一《もじひと》つ二《ふた》つ思《おも》ひなほしたる。とみの物縫《ぬ》ふに、かしこう縫《ぬ》ひつと思ふに、針《はり》をひき抜《ぬ》きつれば、はやくしりを結《むす》ばざりけり。また、かへさまに縫《ぬ》ひたるもねたし。

——ちぇっと舌打ちしたくなるもの。

誰か人のところへ遣《つか》わした手紙でも、あるいは誰かに宛てた返事でも、ともかく、書いて召使いに持たせてやってしまったあとになって、一文字か二文字、「あ、あそこはこう書くべきだった」なんて思いついたとき。

いそいで物を縫って、さてさて上手に縫えた、と思って針をすっと抜いてみたら、ありゃりゃしまった、糸の尻の結びを作っていなかった、なんてのはシャクに障《さわ》るし、すっかり出来上がってしまってから、よく見たら裏返しに縫ってたなんてのもほんとに舌打ちもの。

この「ねたきもの」の「ねたし」という形容詞は、今の言葉で言ったら「ちぇっ」と舌打ちしたくなるような感情を表わしている。

最初に手紙のことが書いてあるが、この時代、もちろん郵便制度などないから、手紙を書いたら、使いの者に届けさせるのである。ところがそれを出してしまってから、たとえば誤字とか、不適切な文言などに思い当たるということ、それは今でもよくあることである。さしずめ、メールを書き終えて、さっと「送信」してしまったあとで、よくよく読み直したら、とんでもない間違いやら、失礼やらに気付いてしまった、しかし、いちど送ってしまったメールは取り返しがつかないなんてのに似ている。このとき、ほんとうに舌打ちしたくなる。というふうに、自分の失態で、しかも取り返しのつかないような場合に、「ねたし」と思ったのである。

同様に、縫い物をしていて、糸を結ばずにすっかり縫い上げてしまった、あるいは、裏返しに縫ってしまった、とすると、もう一度縫い直すしかないのだが、それが「とみの」物縫い、であるところが「あれーっ、クソッ!」というわけなのだ。「とみ」は「頓」という漢字の音トンから和語化した言葉で、要するに急ぎの縫い物ということである。急いでいるときに限って、そういう間抜けなる失敗をしがちなのが人間というもので、大急ぎで入力した文書を最後に保存しようとして、ついうっかり消去してしまった、なんてときの気分が、このとみの物縫いの例にもっとも近いかもしれない。

# 急ぎの縫い物の失敗といえば……

南《みなみ》の院におはします頃、「とみの御物《おんもの》なり。誰も誰も、あまたして、時かはさず縫《ぬ》ひてまゐらせよ」とて、賜はせたるに、南面《みなみおもて》にあつまりて、御衣《おんぞ》の片身《かたみ》づつ、誰《たれ》かとく縫《ぬ》ふと、ちかくもむかはず、縫《ぬ》ふさまも、いと物ぐるほし。命婦《みやうぶ》の乳母《めのと》、いととく縫《ぬ》ひはててうち置《お》きつる、ゆだけ（裄丈《ゆきたけ》）の片《かた》の身を縫《ぬ》ひつるが、そむきざまなるを見つけで、とぢめもしあへず、まどひ置《お》きて立《た》ちぬるが、御背《おんせ》あはすれば、はやくたがひたりけり。わらひののしりて、「はやく、これ縫《ぬ》ひなほせ」といふを、「誰《たれ》、あしう縫《ぬ》ひたりと知《し》りてかなほさん。綾《あや》ならばこそ、裏《うら》を見ざらん人も、げにとなほさめ、無紋《むもん》の御衣《おんぞ》なれば、何《なに》をしるしにてか、なほす人誰《たれ》もあらん。まだ縫《ぬ》ひ給はざらん人になほさせよ」とて、聞《き》かねば、「さいひてあらんや」とて、源少納言《げんせうなごん》の君などいふ人たちの、もの憂《う》げにとりよせて縫《ぬ》ひ給ひしを、見やりてゐたりしこそをかしかりしか。

――そうそう言えば、定子中宮さまが、お父上のお邸《やしき》東三条南院にいらっしゃった時分のこと……。

「急ぎの縫い物だから、ここにいる誰でも、ともかくみんなおおぜいで手分けして時を移さずすぐに縫って差し上げるように」というお言いつけで生地を下しおかれたので、全員が明るい南おもての部屋に集まって、御衣の片身ずつ分担して、さあ誰がいちばん早く縫いあげるかと、それはもう競争ずく、だから、差し向かいでいろいろお喋りなんかしながら、というのいつもの様子とは大違い、みんなそっぽを向きながら一心不乱に縫っている様子なんか、ちょっとどうかしているような感じだった。

すると、命婦《みょうぶ》の乳母《めのと》が、いち早く縫い上げて、「できた！」とばかりポンと投げ出したのを見てみれば、なんのことはない、裄丈《ゆきたけ》の長いほうの片身ごろを縫ったのだけれど、それが裏返しだったのに気付きもせず、ちゃんと糸止めもせず、ともかく大慌てで仕上げて席を立ったというわけなのだった。そのため、背縫いのところで合わせてみたら、ありゃりゃ、裏表チグハグになってしまっていた。ことが露見して、大笑いになり、誰かが、「ともかく、すぐ縫い直してよ」と言うと、命婦は、「『間違って縫ってる』

なんて誰にもわかりゃしないんだから、縫い直すことはないんじゃないかしら。これがさ、綾《あや》模様の織り出してある生地だったら、すぐに裏表がわかってしまうから直すに決まってるけれど、これは無地なんだから、ちょっと見には裏表なんてわかりゃしないもの。これをいちいち直す人なんかありゃしないわ。もしどうしてもというんなら、まだ縫ってらっしゃらない人に直させてほしいもんだわ」と澄ましている。

「そんなことといっても、このままじゃねえ」というので、源少納言《げんしょうなごん》の君などという人たちが、面倒くさそうに引き寄せて縫い直しているのを、命婦はチラチラと眺めやっていたのは、まことにおかしいことであった。

ここで、「ゆだけの片の身を縫ひつるが」とあるのは、よくわからないのだが、着物の裄《ゆき》丈《たけ》が左右違う仕立て方があって、その長いほうの片身を縫っていたという意味だろうというのが有力な説になっている。

宮廷の女房たちの社会なんていうと、私どもとはまったく無縁の世界で、よほど雅《みやび》やかなるものだろうと、そう思い込んでいると、おおいに違うらしい。こんな章を読むにつけても、彼女たちの闊達《かったつ》で自在な、いかにも人間的な日常の様子が彷彿《ほうふつ》とする。

このところは、「ねたきもの」として、急いで縫ったときの失敗について語るうちに、ふと、そういえば昔こんな大失敗があったなあ、ということを思い出して書きつけたのであろう。まあ、『源氏物語』にしても、『枕草子』にしても、ある意味ではみな「おんなのおしゃべり」的なところがあるので、こんなふうに自由自在に飛躍して、挿入的なエピソードが交じってくるのである。中宮定子を中心とした女たちの世界の愉快な日常、まるでそこに清少納言が生きて物を言っているような、なつかしくもリアルな描写である。

そしてまた、話は本来の話題「ねたきもの」に戻る。

## 庭の草木を目の前で盗まれて

おもしろき萩《はぎ》・薄《すすき》などを植ゑ《う》て見る程に、長櫃《ながびつ》持たる者、鋤《すき》などひきさげて、ただ掘《ほ》りに掘《ほ》りて往《い》ぬるこそわびしうねたけれ。よろしき人などのある時《とき》はさもせぬものを、いみじう制《せい》すれども、「ただすこし」などうちいひて往《い》ぬる、いふかひなくねたし。

――いい感じの萩《はぎ》やススキを庭に植えて楽しんでいると、なんだか長い担《かつ》ぎ箱を持った男たちが、鋤《すき》なんぞをひっさげてやってきて、もうそこらじゅう好きなだけ掘り返し掘り取って持って行ってしまう、そういうのはなんだかちょっと悲観的になってしまって舌打ちしたくなる。家に、そこそこの人なりとも男が居るときだったら、決してそんなことはしないだろうに。もちろんせいぜい制止はするけれど、女の言うことなんか、聞きゃしない。

「なに、ちょっとだけ、ちょっとだけさね」てなことを口任せに言って、平気でごっそりと盗んでいく。それはもうなんともかんとも言いようもないくらい悔しい。女だと思ってばかにしてるんだから。

これは少納言が実家にいたときの話であろうか。彼女の父清原元輔は、いわゆる受領《ずりょう》階級という大したことのない身分であったし、かなり没落気味でもあったので、こんなふうに侮《あなど》られ見くびられて、目前に庭の草花を盗まれるというような経験をしたのであろう。

邸の建物のすぐ前に植えておく草木を前栽《せんざい》といったが、それは四季折々にいろいろな植物を植え込んで楽しんだものらしい。そういうのを、みすみす目前で抜き取られ盗まれる気持ちというものは、それ自体頭に血が上るような屈辱である。たぶんこれが一級貴族の邸だったら、まさかそんな無礼千万《ぶれいせんばん》なことは誰もしないのだろうけれど、二流三流の身分の家だけに、不逞《ふてい》の輩《やから》が平気で侵入してきて、好き勝手に掘り抜いていくのだ。その家の誇りを傷つけられた悔しさと、同時にまた、それでも男衆さえいればそんな乱暴なことはしないだろうのに、女だけだと見くびられてほしいままにされる悔しさが重なって、悔しさも二倍三倍になっているのである。

「いみじう制すれども」というあたり、人一倍誇り高い清少納言が、憤激して制止している様子なども想像されて面白い。

この男たち、どこの邸の者かはわからないけれど、わざわざ長持ちのような大きな箱や鋤まで用意してやってきたところを見ると、あきらかに計画的確信犯である。まあ、そんなふうにして人の庭から盗んできてオノレのところの庭に植えるなんて没義道《もぎどう》なことも、この時分いくらもあったことなのであろう。

## 悔しくてシャクに障ること

受領《ずりやう》などの家《いへ》に、さるべき所の下部《しもべ》などの来《き》て、なめげにいひ、さりとて我をばいかがせんなど思ひたる、いとねたげなり。

——受領《ずりよう》階級の者の家に、しかるべき身分の御大家の下人《げにん》などがやってきて、いかにも馬鹿にしきったような口をきき、「どんなことを言ったって、俺をどうにもできやせんだろう」などと思い侮っている様子、ああ、ああ、なんてシャクに障ることだろうか。

受領の娘である清少納言は、実家にいるときに、ずいぶん悔しい思いを味わったらしい。庭の草木を盗まれた思い出から、さらにまた悔しいことも思い出されて、ついでに書きつけたのがこの部分であろう。

見まほしき文《ふみ》などを、人の取《と》りて、庭に下《お》りて見たるが、いとわびしくねたく、追《お》ひていけど、簾《す》のもとにとまりて見《み》たる心地《ここち》こそ、飛《と》びも出でぬべき心地《ここち》すれ。

——自分が読みたいと思っている誰かからの手紙を、男の人が横取りして、庭に下りて勝手に見ている。こっちとしてはひどくがっかりもし、舌打ちしたい気持ちもあり、追っかけて取り返したいけれど、女の身としてまさか庭まで飛び出していくようなはしたない真似もできず、簾《す》の所に立ち止まって、その手紙が読まれてしまうのをなすところなく見ていなくてはならない、その気持ちといったら、もうこのまんますっ飛び出ていってやろうかしらと思うような心地がする。悔しい。

受領とは申せ、曲がりなりにも貴族の端《はし》くれであるからには、その令嬢ともあろうものが、男を追っかけて御簾《みす》の外まで走り出ていくなんてことは決して許されることではなかった。それは非常にはしたないと見做《みな》される行ないで、そんなことが公に知れれば、彼女の将来がぐっと暗くなるほどのことだったのである。気の強い少納言としては、自分宛ての大切な手紙が、横取りされ、読まれてしまうのを切歯扼腕《せっしやくわん》の思いで遠くから睨《にら》んでいた、その悔しさを思い出したのだ。その大切な手紙というのは、恋文ではなかったろうかと想像すると一段と面白い。

かくて清少納言は、それからそれへと、悔しくてシャクに障る、舌打ちものの記憶をたぐり寄せていく。こういう感情的な書き方のところにこそ、彼女の生《なま》な思いが表出していて、そこに私どもは人間清少納言をありありと思い浮かべることができるのである。

さて次に、第九十六段「かたはらいたきもの」。

## わきにいていたたまれぬもの

かたはらいたきもの　よくも音弾《ねひ》きとどめぬ琴《こと》を、よくも調《しら》べで、心のかぎり弾きたてたる。客人《まらうど》などにあひてものいふに、奥《おく》の方《かた》にうちとけごとなどいふを、えは制《せい》せで聞《き》く心《ここ》地《ち》。思ふ人のいたく酔《ゑ》ひて、おなじことしたる。聞きゐたりけるを知《し》らで、人の上《うへ》いひたる。それは、なにばかりの人ならねど、つかふ人などだにかたはらいたし。

――わきにいていたたまれぬ思いがするもの。

大して上手に弾《ひ》きこなせてもいない琴を、しかもろくに調弦もせずに、自己流に次から次へとうるさく弾いているなんてのは、人ごとながらいかにも聞き苦しい。

お客さまが見えていて、なにかとお話をしているときに、そんなこととは知らぬ者が奥のほうで、大声に内輪話をしているのが聞こえてきてしまう。お客さまの手前、なんとも格好がつかず、やめさせたいとは思うけれども、それもできずにやむをえず聞いているときの心地、それはほんとに赤面せずにはいられない。

自分が恋しく思っている男が、へべレケに酔っぱらって同じことを何度もくどくどとくり返しているとき、わきにいるのも苦痛というもの。

ついうっかり誰かの悪口など言ってしまって、ふと気がつくとその人がそこで聞いていた、これはじつにどうもばつがわるい。そういうのは、なにも相手が身分ある人とかいうのでなくても、仮に自分の召し使っているしもべなどであっても具合がわるい。

「かたはらいたし」という形容詞は、もともと、「傍《かたわ》ら」という語と「痛し」という形容詞が熟合したもので、その傍らにいるのが辛い、という状況に直面したときの感情を表わすのである。だから、そこにいる他人の行動がはしたなくて見ているのも恥ずかしいような場合にも使うし、自分のほうになにかと不都合があって恥ずかしく感じるような場合にも用いる。ここはそういうさまざまな場面を思い出しつつ書いているので、おなじ「かたはらいたし」でも、場合によって、その感情の動きは違っている。

のちに、こういう感じがわからなくなってくると、これに「片腹痛し」という漢字を宛てて、笑止千万《しょうしせんばん》とばかりせせら笑うような意味に変わってきてしまう。もちろんそれは誤解にもとづく語源解釈なので、もともとは「傍ら＋痛し」なのである。

清少納言がここに論《あげつら》っているさまざまな状況は、おそらく誰にも身に覚えのあるだろうところで、読んでいるこちらも耳痛く、傍ら痛い感じがしてくる。

そういう中にも、「思ふ人のいたく酔ひて、おなじことしたる」というところがいかにも少納言らしいところで、これがそこらの気に入らないオヤジが乱酔して繰《く》り言《ごと》などするなら、べつに傍ら痛いという感じではなくて、おそらく「にくきもの」というあたりになるだろう。現に、第二十八段「にくきもの」のなかにも、「酒のみてあめき、口《くち》をさぐり、ひげあるものはそれをなで、さかづきこと人にとらするほどのけしき、いみじうにくしとみゆ（酒を飲んで喚《わめ》き散らし、口の中を指でせせりまわし、髭を生やしてるオジサンなら髭を撫でまわし、盃《さかずき》を人に取らせようとする、そういうありさまはいかにもにくたらしく見える）」などと言ってあるのが思い合わされる。ところが、これが自分の恋しい男が、シラフだったら素敵だのに、へベレケに酔っぱらうと、もう正体なく繰り言をいい募る、それを見ると、「ああ、やめてほしい、こんなところは見たくない」と苦しい思いをしなくてはならないのである。それが「傍ら痛い」という感じなのだ。こんなところに、恋する女の思いが躍如《やくじょ》としている。

旅《たび》だちたる所にて、下衆《げす》どもざれゐたる。にくげなるちごを、おのが心地《ここち》のかなしきままに、うつくしみ、かなしがり、これが声《こゑ》のままに、いひたることなど語りたる。才《ざえ》ある人の前《まへ》にて、才《ざえ》なき人の、ものおぼえ声《ごゑ》に人の名《な》などいひたる。よしとも覚えぬ我が歌《うた》を、人に語《かた》りて、人のほめなどしたる由《よし》いふも、かたはらいたし。

——ちょっとかりそめに出掛けた先で、そこらへんの下衆《げす》の連中が、馬鹿話などに興じているのなど、わきで聞いているのもいやである。

ずいぶん不細工な子どもでも、親の目からは可愛く感じると見えて、いつくしみ、かわいがり、その子の幼児口調の口真似声色《くちまねこわいろ》を使って、「……なんてことをね、この子は言うんですよ」などと語り聞かせる。本人は良くても、聞かされるほうはたまらない。

高い学識のある人の前で、まあ大したことのない人が、いかにも知ったかぶりをして、あれこれの人の名などを言い散らす。まことに見てるこっちが恥ずかしくなる。

上手だとも思えないオノレの和歌をば、得意になって人に聞かせたり、それをまた人に褒《ほ》められたなどということを、得意になって吹聴《ふいちょう》する、これまったく聞くにたえぬというものである。

清少納言は下品なことに対して非常に潔癖なところのある人で、下衆の連中だからといって、自分の聞いているところで、わいせつな下ネタ話などしないでほしいと思っているのである。まして、しかるべき男たちは、いつも清廉《せいれん》であってほしいと思っているに違いない。

その次の、不細工な子どもをかわいがる親に対する皮肉な書き方は、ちょっと酷評に過ぎるような気もするが、正直といってこれほど正直なもの言いもない。たしかに、どんなに不細工でも自分の子どもはかわいい。それが千古不易《せんこふえき》の親心というものだ。しかし、ここではその心を非難しているのではなくて、私の思うには、子どもの声色までしてみせることの「あられもない」感じを厭《いと》うているように思える。ほら、やたらと赤ん坊の写真なんかを見せて、さんざんに自慢話をし続ける親、まあ子ども自慢もいいけれど、はたで見ていて気恥ずかしくなるような真似はしてくださるなよ、と清少納言はそう諫《いさ》めているのである。

かにかくに、古典文学というのは、私たちの生活感情と無縁な絵空事ではないのだということ、それをこんな文章がこよなく物語るのである。

# 第5講

# 揺れる女心

［第百二十四段］

## 心のうちを見透かされているようなもの

さてさて、もっとも困《こう》じはてることは、この『枕草子』という作品が、どこをとっても面白くて、さてそのどこを抜き出して講釈しようかという、そこのところである。といって、最初から全部講釈していったら、いったいどれほど大部な本になるかわからない。

そこで、ほんとに大急ぎ、まるで大きな川を飛び石づたいに馳《は》せ下るような、とでも言おうか、詳しくはまた立ち返り説き尽くすときもあるべしと思い定めて、まずは先を急ぐことにしよう。

さて、第百二十四段、「はづかしきもの」。

はづかしきもの　色このむ男《をとこ》の心の内。いざとき夜居《よゐ》の僧《そう》。みそか盗人《ぬすびと》の、さるべきものの隈々《くまぐま》にゐて見るらんをば、誰かは知《し》る。くらきまぎれに、ふところに物などひき入《い》るる人もあらむかし。そはしもおなじ心に、をかしとや思ふらん。

——なんだか心のうちを見透かされているような気がするもの。

まず第一に、女好きで恋の噂も華やかな男の心のうちを想像すると、なんだかなにもかも女の心なんか見透かされているようで、はずかしい。

寝ずに夜通しの加持祈禱《かじきとう》に来ているお坊さんの、またなかなか寝ない人。夜のあいだのこちらの行動をすっかり悟られているようで、どうもはずかしい。

こそ泥が夜陰に乗じて忍び込んできて、まあしかるべき物陰などに潜《ひそ》んでいるというようなとき、まさかどこぞの物陰に、こそ泥が潜んでいようなんて誰も気付きはしない。そこで、同じく夜陰に乗じて、そこらのものをちょいと懐《ふところ》に入れて盗んでいこうというような手癖の悪い使用人などもいるだろう。そういうとき、物陰で見ている泥棒めのほうでは、「ははあ、やつめ暗いと思って、まんまとかっぱらってやがるな」とか思って、さぞ可笑しい思いがするだろう。そういう手癖の悪い者どもの心は、一枚うわての泥棒どののにはすっかりお見通しというところ。

「はづかし」という形容詞は、もちろん「恥づ」という動詞からできたもので、本来は、「自分のほうが恥じるような感じ」を表わす言葉である。それはこちらがあまりにも無能であるとか、下劣であるとかいうような「至らなさ」から、赤面したくなるような場合を言うばかりでなく、当面する相手があまりにも立派であったり、有能であったりして、あー、とても敵《かな》わないというような気持ちを持つときにも使われる。だから、今使う「恥ずかしい」というのとはちょっと方向がズレているのである。

## 色好みの男は「はづかし」

さて、その「はづかし」の第一に挙げたのが「色このむ男の心の内」というのが、いかにも女ながら色好みであった清少納言らしいところ。

この「色ごのみ（色好み）」という言い方は、現代語の「好色な人」というのとはかなり違った意味を持っている。一言でいえば、色好みは、男の理想の姿だとも言えるのである。

思い出してほしい、あの兼好《けんこう》法師の『徒然草』第三段にも、こういうことが言ってあったことを。

万《よろづ》にいみじくとも、色《いろ》このまざらん男《をとこ》は、いとさうざうしく、玉の卮《さかづき》の当《そこ》なきここちぞすべき。

露霜《つゆしも》にしほたれて、所《ところ》さだめずまどひありき、親のいさめ、世の謗《そし》りをつつむに心のいとまなく、あふさきるさに思ひみだれ、さるは独寝《ひとりね》がちに、まどろむ夜《よ》なきこそをかしけれ。

さりとて、ひたすらたはれたる方《かた》にはあらで、女にたやすからず思はれんこそ、あらまほしかるべきわざなれ。

これはこういうことである。

よろずの技芸に通暁《つうぎょう》して人並み外れた能力があったとしても、ただ一つ、「色好み」でないという男は、まことに物足りないことで、たとえて申せば、かの『文選《もんぜん》』に「且《か》つ夫《そ》れ玉の巵《さかづき》の當無《そこ》きは、宝《たから》と雖《いへど》も用《よう》に非《あら》ず（また、そもそも宝玉《ほうぎょく》の盃《さかずき》の底が無いものは、それがいかに宝物であろうとも何の用にも立たぬ）」と謂《い》うてある「底の無い宝玉の盃」のような心地《ここち》がするというものだ。

すなわち、露霜《つゆしも》に濡れてよれよれになりながら、あちらこちらと女の許《もと》へ惑《まど》い歩き、親の諫《いさ》めや世間の非難を思ってはおろおろし、ああしたらよかろうか、いやこうしたがよかろうか、など思い乱れて、しかしその結果として、どこの女の閨《ねや》にも行かずに独り寝をする夜《よ》ばかり多く、展転反側《てんてんはんそく》して微睡《まどろ》むことすらできずに恋に心を苦しめている、そんなのが風情《ふぜい》ある男というべきであろう。

いやいや色好みと申しても、ただただ色事に溺《おぼ》れてばかりなんてのではなくて、仕事なども立派にやっているのだが、それでいて「あの方はあれでなかなかに隅に置けないのよねえ」と、女たちに思われるというようなのが、男としてぜひこうありたいという姿であろうな。

（林望『謹訳 徒然草』祥伝社刊）

この色法師《いろほうし》吉田兼好がいみじくも書き残した文章のなかに、色好みということの精髄がみな込められている。

要するに、色好みというのは、まず第一に、美男でなくてはならぬ（美男じゃないと、はじめから女たちに相手にされないので色好みになりようがない）。そしてそれもぺらぺらした薄っぺらの二枚目というのではいけない。教養もあり、面白みも重みもあって、会って楽しく、話して為になり、抱かれて気持ちよい、とでもいうか、そういう中身（能力）がなくてはいけない。

昔は、育ちが良くて、教養もあって、その上に「恋を知る」ということが、人の魅力の必須条件であったのだ。それは男も女も変わりがない。あまりに真面目で恋を知らぬものは、「つれなし」とか「かたくなし」とか言って、泥臭いものとして軽視された。考えてみると、今でも、あまりに真面目な人は、異性にモテない、ということがある。適当に「ワル」であるということが、とくに男の魅力の一部分であることは、今日《こんにち》「ちょいワルおやじ」なんてものが持て囃《はや》される風潮を見てもわかる。

『平家物語』に出てくる公達《きんだち》で言うと、平《たいらの》重衡《しげひら》なんてのがその代表的な色好みである。『源氏物語』では、光源氏《ひかるげんじ》がその典型で、あれほど色好みで、あちらこちらに浮名《うきな》を流しつつ、日々懊悩《おうのう》し続けた男もいない。

業《ごう》のように恋に繋《つな》がれて、しかし、そのことでいつもあれこれと悩ましい思いをしている、それが色好みなのであるが、そこで『枕草子』に戻ると、そういう男の心のうちが「はづかし」だという。

つまり、女のほうから見ると、朴念仁《ぼくねんじん》の野暮天男《やぼてんおとこ》なんぞは、女心を解《かい》しないこと夥《おびただ》しく、寧《むし》ろ女のほうから男心をお見通しという位置関係になるわけで、これははずかしくない。しかし、色好みで聞こえた男は、それはもう何十人もの女と関係を持ち、女心の酸《す》いも甘いも嚙み分けているわけだから、何をしても、もうすっかり女心は見透かされているような気がするのである。だから、女からすると、そういう色好みの男は、「はづかし」と思うのである。

つまり「はづかし」とは、さように、こっちが見透かされているような、心を裸《はだか》にされているような思い、を言うわけである。

いや、もっとも、それは女のほうから思うことで、どんなに色好みの男でも、やっぱり女心は永遠の謎である。ひとりひとり、女心はみな違っていて、そのときどきの揺れ動き方、感情の激発やら、一転した優しさやら、蜜《みつ》のようにとろける甘えや、そうかと思うと理由もわからぬ冷淡さや、光源氏だって平重衡だって、平貞文《たいらのさだふん》だって、在原業平《ありわらのなりひら》だって、みんな女心には翻弄《ほんろう》されてるのだから、どうしてどうして、女の心はお見通しなんてわけにはいかないのだけれど。ははは。

## 若い娘が集まれば

かくのごとく、いろいろと「はづかし」と思う対象を考えていくなかで、まずは、この「夜居の僧」が「はづかし」いなあと、思い当たるところが少納言にはあったらしい。

その次の一節がそれで、平安朝のやんごとなき辺《あた》りのハーレムでも、若い女たちが集まっているところでは、今の女子高あたりの喧騒《けんそう》と、たいして変わりのない風景が日常茶飯《にちじょうさはん》であったと見える。

夜居《よゐ》の僧《そう》は、いとはづかしきものなり。わかき人々集《あつ》まりゐて、人の上《うへ》をいひわらひ、そしりにくみもするを、つくづくと聞《き》き集《あつ》むらん、心のうちはづかし。「あなうたて、かしがまし」など、大人《おとな》びたる人のけしきばみいふをも聞《き》き入れず、いひいひのはては、みなうち解《と》けて寝《ね》入りぬる、後もはづかし。

――その夜通し祈禱しにきているお坊さん、これこそは、こっちのなにもかもをお見通しで、まあ昼間には顔向けができないような気がする。

たとえば、若い女房たちが集まって、「ねえねえ、あの○○さんってさ、ちょっとサイテーじゃないっ？」とか噂して物笑いにし、悪口を言って憎らしがったりするのを、しらーん顔してお経なんか読みながら、耳はダンボ状態でしっかりと情報収集してることだろう。その坊さんが、なんと思って聴いているかと想像すると、どうにも顔向けができないようなはずかしさがある。

「まあまあ、そんな、ますますひどいことを。みなさん、ちょっとウルサイですよ」

などと分別《ふんべつ》盛りの古女房が、大まじめで諭《さと》したって、そんなの尻に聞かせて聞き入れず、喋って喋って喋り倒してその果てに、みんな喋り疲れて、そこらへんにだらしなく寝込んでしまう。そういうのを、あの坊さんがたはみんな見聞してるかと思うと、後で会ったときに、なんとも知れずはずかしい思いがする。

私自身、女子高教師、女子短大教師と、不思議に女の園でばかり教鞭を執《と》る人生を送ってきた関係で、この一節の、かしましい女の園の状況は、いかにも思い当たることがある。譬《たと》えてみれば、女子高校の修学旅行で、先生がいくら「おーい、もう就寝時間だから、消灯して寝なさーい」などと怒鳴《どな》って回ったとしても、女の子たちは一向に聞き入れるものでない。此のときとばかり、きゃーきゃーと、男の教師どもの辛辣《しんらつ》なこき下ろしやら、カレシの噂やらで持ち切って、しまいに喋り疲れて、そこらに雑魚寝《ざこね》してしまう、というわけである。この「いひいひのはては、みなうち解けて寝入りぬる」という描叙の確かさ、その場の空気がいかにもよく活写されているではないか。

これを書いているときの少納言は、その「あなうたて、かしがまし」と叱《しか》って回るほうの、いわば教師的な立場にいるわけだけれど、そういう彼女だってむかしは、キャピキャピ言ってた娘だった時代もあったのだから、こういうふうに書きながら、その背後に、若さへの羨《うらや》ましさというような気分がどこか漂《ただよ》っているように読める。さて、その次。

# 男ってものは、つくづく油断ならない

男《をとこ》は、うたて思《おも》ふさまならず、もどかしう、心づきなきことなどありと見れど、さしむかひたる程は、うちすかして思はぬことをもいひ頼《たの》むるこそ、はづかしきわざなれ。まして、情《なさけ》あり、好《この》ましう、人に知《し》られなどしたる人は、おろかなりと思《おも》はすべうもてなさずかし。心《こころ》のうちにのみならず、またみな、これがことをばかれにいひ、かれが事をばこれにいひ、かたみに聞《き》かすべかめるを、我がことをば知《し》らで、かう語《かた》るは、なほ人よりはこよなきなめりとや思ふらん、と思ふこそはづかしけれ。いで、されば、すこしも思ふ人にあへば、心はかなきなめりと見《み》ゆることもあるぞ、はづかしうもあらぬかし。いみじうあはれに、心ぐるしう、見《み》すてがたき事などを、いささかなにとも思はぬも、いかなる心ぞとこそあさましけれ。さすがに人の上《うへ》をばもどき、ものをいとよういふよ。ことにたのもしき人もなき宮仕《づかへ》人などをかたらひて、ただならずなりぬるありさまなどをも知《し》らでやみぬるよ。

――男ってものは、つくづく油断がならない。なにしろ、「この女は段々つきあってみると、どうもつまらぬ女だな、いちいち歯がゆいことばかり、俺の気持ちには合わないよな、こいつは」と内心では思っていても、いざその女と差し向かいでいるときなどは、決してそんなそぶりは見せず、口先ばかりうまいこと言って女が彼を頼りにするように仕向ける、なんてことがいくらでもある。だから色好みの男は、油断も隙《すき》もあらばこそ、女心を見透かしてそんな仕打ちをするのだからかなわない。

ましてや、いかにも情がこまやかで、感じがよくて、色好みとして世間でも評判になるような男とくれば、女あしらいはほんとに懇《ねんご》ろで、決して通り一遍のつきあいだとは思わせぬように扱ってくれる。それで、ただ心のなかで、女を見通しているだけでなくて、じつは、こっちの女のことを、あっちの女のところで言い、あっちの女のことを、こっちでも言うというようなことが、どうやらあるらしいけれど、ちょっとそんな打ち明け話をされると、女のほうでは、もう有頂天《うちょうてん》になってしまって、「ああ、この方は、私だけを特別に思ってくださってるのだわ。だからこそ、あの女のことを、こんなふうに平気で話してくださるに違いないもの」などと思い込んでしまう。自分だって、そういうふうにあちこちで言い触らされてるone of themだってことがわからないんだから困ったもの。

私などは、もうこのあたりがすっかりわかっているので、「この人はちょっと好いたらしい男だわね」というような男に巡り会っても、「ま、どうせ、例の移り気な男心にちがいない」とわかってしまうから、別にこっちが見透かされもせず、はずかし、ということはない道理である。

けれども、私たちから見て、たいそういじらしい思いを抱いて、日々懊悩《おうのう》しているような、見捨てることができない女のことを、もうさっぱりと何も思わずに捨て去ろうという男心ってものは、いったい何なんだろうとあきれ果てる思いがする。

そのくせ、そういう男に限ってまた、自分はそんな無情な仕打ちをしておきながら、ほかの男の仕打ちを論《あげつら》って口早《くちばや》に罵《ののし》ったりする。やれやれ。それで、とりわけこれという後ろ盾もないような、頼りない身の上の女房などにうまいこと言って口説《くど》き落とし、ついには、月のもの物が止まりましたなんて目に遭わせておきながら、そんなことは俺は知らんという顔をしている、あーあ。

色好みの男について、あれこれと書いているうちに、だんだんと思いが募《つの》り、あれもこれも、次から次と、男の薄情《はくじよう》さ加減、だまされる女の愚《おろ》かさ加減に、頭に来たというのであろう、少納言の舌鋒《ぜつぽう》はますます過激の度を加えて、ついには、こき下ろしという口調になってくる。

じっさい、平安朝の物語をあれこれと読んでみると、まあいかに男が移り気で、いつも女を待たせては肩透かしを食わせたりしているか、思い半ばに過ぎるものがある。『落窪物語《おちくぼものがたり》』のヒーロー、藤原道頼《みちより》なんてのは、人格高潔《じんかくこうけつ》にして貞操無比《ていそうむひ》な、しかし色好みの男として描かれるけれども、それはつまり平安朝の女たちにとっての、いわば「Impossible Dream《みはてぬゆめ》」であったと見ても良い。

それにしても、どうして、男にだまされてしまう女ばかり多いなかにあって、ひとり清少納言は、なにもかも裏の裏まで読み通して、平然と心を動かさずにいられたのであろう。

いや、まさかそんなことはあるまい。

彼女とて、揺れ動く女心を持て余す時代がきっとあったに決まっている。

しかし、そういう恋をあれこれと通過し、味わいつくすにつけて、そこに女とは格別の、男心というものの実相《じつそう》に思い至ったのであろう。

この章で、きゃーきゃー言って、少納言のような年増《としま》の女房を閉口させている若い娘たちは、すなわち、容易に男にだまされて泣く女たちでもある。

そのことを、経験上知り尽くしている少納言は、だから、男にはだまされまいぞと、いささかかたくななまでに男を拒絶するポーズを取っている。

しかしながら、それは、彼女がまるで木石のごとき心を持っていて、いつも恋の局外《きよくがい》に身を置いてきたということを意味しない。

第七十一段「たとしへなきもの」という章は、たとえば、夏と冬、夜と昼、白きと黒きと、というようにまるで正反対で比べようもないものをあれこれ列記しているのであるが、そのなかに、こんなところがある。

## 愛する人と、憎む人と

……思ふ人とにくむ人と。おなじ人ながらも、心ざしあるをりと変《かは》りたるをりは、まことにこと人とぞおぼゆる。

——愛する人と、憎む人と。いや、同じ人でも、愛し合っているときと、もう愛が冷めて心変わりしてしまったときでは、まるで別人のように感じる。

と、こう書いている。清少納言が、血も涙もある、情愛深い人であったことは、こういうところを読んでもわかる。恋の思いが募って、好きで好きで堪《たま》らないという時期には、あれほど優しく思いやり深く、そしてしきりと通って来てもくださったお方が、もう恋心が冷めて他の女にでも心を移してしまったあとは、あの睦言《むつごと》はなんだったんだろうと思うほど、やってもこないし、来ても態度は冷たいし、優しい言葉もかけてはくれないしで、まるで別人のようになってしまった、と、それが「愛する人と憎む人」という二項対立として措《お》かれているものの実相なのであったろう。

だから、このところで、「男は、うたて思ふさまならず、もどかしう、心づきなきことなどありと見れど、さしむかひたる程は、うちすかして思はぬことをもいひ頼むる」と書いているのは、誰か他人の上のことを述べているというよりも、おそらく少納言自身が、かつて男を信じに信じていた、若い娘時代に、優しく熱心に搔《か》き口説き、抱いてくれた人が、その実だんだんと自分に飽《あ》き果《は》てて、それでも口先だけうまいことを言って、その我慢が限界までくると、突然に心変わりしたように去っていった、などということに、これはおそらく後になって思い当たっているのである。「あ、そうか、ああやって優しいことを言いながら、心のなかでは、だんだんと私のことを疎《うと》んじつつあったわけなのね」と。

そういう経験を重ねながら、彼女は、恋のるつぼのような宮中の色好みの世界に身を置いてきた人であった。

だからこそ、若い娘たちの行状には、はずかしい、危なっかしいものを感じて、諫《いさ》めたくもなるのである。

そうして、では、そんな男たちを見尽くして来て、少納言自身、男は懲《こ》り懲《ご》りなのかというと、決してそうではあるまい。彼女が、かつての恋のいろいろな場面を描きだした文章をあれこれと読んで行くと、その恋の甘かった思い出を、ほんとうに切実に愛しく追懐している感じがするからである。

少納言にとって、年はとっても、おそらく恋は、「遠い日の花火」ではなかったのである。

# 第6講

# まるで良いところのないもの

［第百二十五段］

## 「無徳」なるもの

前章の「はづかしきもの」につづいて、第百二十五段「むとくなるもの」を読んでみる。これがまた、なかなか隅《すみ》に置けない一章なのだ。

むとくなるもの
潮干《しほひ》の潟《かた》にをる大船《おほぶね》。おほきなる木の風《かぜ》に吹《ふ》き倒《たふ》されて、根《ね》をささげ横《よこ》たはれ臥《ふ》せる。えせ者《もの》の従者《ずさ》かうがへたる。聖《ひじり》の足《あし》もと。髪《かみ》みじかき人の、物とりおろして、髪《かみ》けづりたるうしろで。翁《おきな》のもとどり放《はな》ちたる。相撲《すまひ》の負《ま》けてゐるうしろで。

——まるで良いところなしのもの。

潮《しお》が引いてしまっている干潟《ひがた》で、身動きのとれなくなっている大船。大木《たいぼく》が風に吹き倒されて、根を上に差し上げて横たわりひっくり返っている姿。くだらない成り上がりものが、偉そうに召使いを叱《しか》りつけたりしている様子。尊い坊さんの足つき。もうすっかり髪が短くなってしまっている人が、カツラを外《はず》して、髪を梳《くしけず》っている後ろ姿。お爺さんが烏帽子《えぼし》も被《かぶ》らずにいるところ。相撲の節会《せちえ》で、負けてしまった力士がしょんぼりと座っている後ろ姿。

まずもって、この「むとくなる」という形容動詞はどういうことを意味するのであろうか。その答えは、おのずから前記の文章に表われている。

ここにはいろいろと「むとくなる」ものが列挙《れっきょ》されているので、そのすべてに共通する属性を抽出《ちゅうしゅつ》すれば、それがすなわち「むとくなる」ということにほかならない。そこで、私はこれを「まるで良いところなしのもの」と訳してみたわけである。

要するに、「むとく」は「無徳」という漢語なのであって、読み下せば「徳無し」ということになる。この場合の「徳」とは、「取り柄《とりえ》、良いところ」というほどの意味で、たとえば裕福な人は、あれこれと取り柄があるわけだから、これを「有徳」なる人と言い、貧乏だったら反対に「無徳」なる人と言った。この場合は、いずれも人徳の有無には関わらない。

## 急にしぼんで見えるもの

さてそこで、すっかり潮の引いた干潟に立ち往生《おうじよう》している大船なんてのは、もっとも象徴的に、「無徳」なるさまを見せているのであるが、これが小舟だったら、たぶん無徳という言葉は使うまい。大船だから、日頃はいろいろと役にも立ち、いわゆる大船に乗ったつもりでいてもいいほど頼りになる存在なのに、それがひとたび干潟に乗り上げては、もうまったく役立たずの良いところなし、ということになってしまう。その図体《ずうたい》の立派な様子、また普段は大いに役に立つ能力に比して、なにかの状況下にはまるっきり良いところなしになってしまっている、というその落差が「無徳」という批評となって表わされているのである。

してみると、その次の大木が風に吹き倒されているのも同じで、寄らば大樹の陰、であるはずのところが、いまやどでんとひっくり返って、あまつさえ、頼もしいかと見えた大きな根が、むなしく空に向かって万歳《ばんざい》している、これこそは、まったく良いところなしではないか、という姿である。

その次の、えせ者云々は、もともとエセ者、つまり大したことはない輩《やから》、というのだから、清少納言から見れば、身分の卑《いや》しい者なのである。それが、たまさか何かで金もうけをして、従者など召し使える身分になった。いわゆる成り上がり者だ。

そうすると、もともと高貴な身分の出自《しゅつじ》であれば、人の使いようもよく弁《わきま》えているから、そうそう無体に威張り散らしたりしないのだが、いかんせん、きのうきょう成り上がった人間は、すっかり「勘違い」してしまって、よほど自分が偉くなったつもりになっているゆえに、必要以上に下の者に威張り散らしたりし、どうかすると、おのれの権勢を見せびらかしたくなって、大したことでもないのに召使いを叱りつけ、はては勘当《かんどう》して追い出したりするのだ。かくては、もともと取るに足《た》らぬ下輩《げはい》連中なのに、さらにその偉ぶった振る舞いによって、お里《さと》が知れ、まるっきり良いところなし、という判定に至るわけである。

聖《ひじり》の足もと、ってのは、どうして無徳なんだかよくわからないけれど、おそらく、これは高徳（有徳）の僧で、もう年も長《た》け、名声も並々ならぬものがあるのに違いない。しかし、その足もとはヨロヨロしておぼつかない、この落差がつまり、さしものあの名僧もあの歩きようはさっぱり良いところなしだね、というわけであろうか。

さらに、「髪みじかき人」というのは、おそらくは年をとって段々と髪が脱《ぬ》けやすくなり、昔のように緑の黒髪も長々とというわけにはいかなくなった女の髪つきでもあろうか。そうなれば、どうしてもカツラを付けて外には出て行くのであろう。ところが、家に帰って、カツラを外して、その格好つかない短い髪を、せっせと梳《くしけず》っているその後ろ姿は、まったく女として良いところなし、つまりそんなのが少納言の周囲にはいくらも見られたのではあるまいか。

老人が「もとどり放つ」というのは、ふつうは烏帽子《えぼし》を被って、その紐《ひも》をしっかりと髻《もとどり》に結びつけているところを、その紐をほどいて、烏帽子を脱いでしまっている姿を言っている。すると、老人だから、正装して烏帽子でも被っていれば、なかなか風格があって立派なのだが、いかんせん烏帽子を脱いでしまうと、頭が禿《は》げてるところなどが露見して、すっかりみすぼらしい感じがするのである。普段着になったら急にしぼんでしまったように見えるお爺さん、とでも言ったらいいだろうか。

相撲《すまい》は、宮中に相撲の節会《せちえ》という行事があって、本来は年の吉凶などを占う神事に発したものである。そこで、筋骨隆々、堂々たる体格をした相撲取りが出てきて取り組みをするのだが、負けたほうは、肩を落とし、がっくりとうなだれている、その有様《ありさま》は、先ほどまで肩聳《そび》やかして辺りを睥睨《へいげい》していたときとは事変わり、まるで良いところなしに見える。これも、普段が立派な風采《ふうさい》だけに、そのしょぼんとした様子は取り柄がないのである。

この段は、本によってずいぶん内容に違いがあって、いまここに掲《かか》げた本文は、岩波書店の日本古典文学大系本、すなわち岩瀬文庫蔵本という写本を底本とするテキストであるが、一般には、もっと簡略な本文を持つ本が多い。

さて、その次。じつはここから先が面白い。

## 自分から折れて帰る妻

人の妻《め》のすずろなる物怨《ゑん》じしてかくれたるを、かならずたづねさわがんものぞと思ひたるに、さしもあらず、のどかにもてなしたれば、さてもえ旅《たび》だちゐたらねば、心と出で来《き》たる。

――誰ぞの妻が、わけもない嫉妬にかられて夫を恨《うら》み、家出して身を隠してしまっている。彼女の心中には「こうやって家出でもしたら、あの人はさぞ大騒ぎして私を捜すだろう。そしたらいい気味」とか思っていたところ、案に相違して、まるっきりそんな様子がない。いっこうに平気の平左で放っておかれるので、もう根《こん》負けして、いつまでもそう家出ごっこをしているわけにもいかず、自分のほうで折れて帰ってきた場合。

昔から夫婦喧嘩は犬も食わぬというけれど、夫婦ってものは、とかくこんなもの。狂言に『貰聟《もらいむこ》』という面白い話がある。

いつも酒に酔っては女房に離縁を申し渡すという愚かしい夫が、泥酔して、いよいよまた女房を離縁するという。しょうがないので、女房は実家へ帰って身を隠していると、シラフになった夫が、またおめおめと実家まで貰いさげにやってくる……。そこで怒った舅《しゅうと》と聟があれこれ言い合ううちに、妻が出てきて、いつのまにか夫の味方をしてまた元のさやに収まって帰っていくという話なのだが、そんなのをちょっと思わせる。

妻が夫の浮気を疑って（さしたる根拠もないらしいのだが）、もうすっかり頭に来て、怒《いか》り心頭《しんとう》で家出して、夫を困らせてやろうと思ったら、夫のほうが一枚上手で知らん顔、とうとう妻が折れて自分から帰ってきたとき、その玄関を入ってくる心持ちというものは、ばつが悪いというか、なんというか、まったく良いところがない。

ところで、『源氏物語』「帚木《ははきぎ》」の巻の、あの有名な「雨夜《あまよ》の品定《しなさだ》め」にも、似たような話が出てくる。

艶《えん》に物はぢして、恨《うら》みいふべきことをも、見知《みし》らぬさまに忍《しの》びて、上《うへ》はつれなくみさをづくり、心一つに思ひ余《あま》る時は、いはん方《かた》なくすごき言《こと》の葉、あはれなる歌《うた》をよみおき、忍《しの》ばるべきかたみを留《とど》めて、深《ふか》き山里《やまざと》、世離《ばな》れたる海づらなどに、はひ隠《かく》れぬかし。……心ざし深《ふか》からん男《をとこ》を置きて、見《み》る目《め》のまへに、つらきことありとも、人の心を見知《みし》らぬやうに、逃《に》げかくれて、人をまどはし、「心を見《み》ん」とする程《ほど》に、ながき、世の物思《おも》ひになる、いとあぢきなき事なり。

――さる奥方、うわべばかり繕《つくろ》うようなところがありましてね。ほんとは嫉妬《しっと》心が燃えているのに、じっと我慢して恨み言をいうべき時も、知らん顔して我慢していた。そうやってうわべばかり平気な様子で貞淑《ていしゆく》を気取っていたんでしょう。ところが、それもやがて堪忍袋《かんにんぶくろ》の緒《お》が切れる時がきて、思い余ってしまったんですね。なんともかんとも言いようのないような、ぞーっとするような文面の置き手紙を書き、その奥には悲痛なる歌など詠んで書きつけ、さらに自分を思い出してねと言わんばかりの形見の品なども添えてですね、どこか深い山奥だったか、遠い海辺だったかに身を隠してしまった、ということがありましたが……。

……夫はまだまだ深い愛情を持っているというのに、その夫を蔑《ないがし》ろにして、いかに目の前に辛いことがあったとしてもですよ、夫の心などまるで分かろうともしないで、逃げ隠れて、夫に気を揉《も》ませようというんでしょう。そうやって、夫の心を試みているんです。そんなことをするから、しまいには一生の物思いをしなくてはならぬような破《は》目《め》になるんです。なんというつまらぬことでしょうか。

（林望『謹訳　源氏物語』祥伝社刊）

とまあ、こういうことが書いてある。おそらく、なかなか自分の思う通りになってくれない夫に業《ごう》を煮やして、そんなふうに家出をして夫に一泡吹かせるというような妻が、この時代にはいくらもいたのであろう。

同じ時代の、同じような身分の才女二人が、こうして同じことを論《あげつら》っているのだけれど、どちらもそういうことをする女に対して否定的・冷笑的である。

おそらくは、紫式部《むらさきしきぶ》にしろ、清少納言にしろ、言うべきことははっきりと言う女で、心も強し、弁も立ちするから、ろくに言うべきことも言わずに、うじうじと家出ごっこなどをするという女を見ると、そんな阿呆《あほう》なことしてないで、ちゃんと言ってやればいいじゃないの、と憤然《ふんぜん》たる思いがしたのであろう。さて、その次。

## 口喧嘩のあと

なま心《こころ》おとりしたる人の知《し》りたる人と、心《こころ》なることといひむつかりて、ひとへにも臥《ふ》さじと身《み》じろぐを、ひき寄《よ》すれど、強《し》ひてこはがれば、あまりになりては、人もさはれとて、かいくくみて臥《ふ》しぬる、後に、冬などは、単衣《ひとへぎぬ》ばかりをひとつ着《き》たるも、あやにくがりつる程《ほど》こそ、寒《さむ》さも知《し》られざりつれ、やうやう夜の更《ふ》くるままに、寒《さむ》くもあれど、おほかたの人もみな寝《ね》たれば、さすがに起《お》きてもえいかで、ありつる折《をり》にぞ寄《よ》りぬべかりけると、目《め》も合《あ》はず思ひ臥《ふ》したるに、いとど奥《おく》のかたより、もののひしめき鳴《な》るもいとおそろしくて、やをらよろぼひ寄《よ》りて、衣《きぬ》をひき着《き》るほどこそむとくなれ。人はたけくおもふらんかし、そら寝《ね》して知《し》らぬ顔《かほ》なるさまよ。

——女のほうから、いいかげん愛想の尽きてきた、そういう男と、まあ言いたい放題の口喧嘩をして、こんなヤツと一つ床《とこ》で寝るのはご免だわ、とわざと離れて寝ようとすると、男のほうから、「なあ、ちょっとこっち来いよ」なんて引き寄せようとする。そんなの、冗談じゃないわ、ああ嫌《いや》だ嫌だ、意地でもいっしょには寝てやらないっと、振りほどく。こうなれば、そっちがそうなら、勝手にしろバカヤロ、とばかりくるっと自分だけ温かい掛けものにくるまって、男は寝てしまう。そうすると、後になって、冬などは自分は単衣《ひとえぎぬ》の薄物しか着てない状態で、それでも頭に血が上っている間はそれほど寒いとも思わずにいたのだけれど、だんだんと夜が更《ふ》けてくる、頭も冷えてくると、あーやっぱり寒い。寒いけれど、もう真夜中で、家中みな寝てしまってることだし、あー、こんなことなら、さっき男が呼んだときに、我《が》を折って同衾《どうきん》すればよかったものを、と後悔しつつ、まんじりともせずに我慢して臥せっていると、どこか家の奥のほうから、ギギギーッ、なんて怪《あや》しげな物音がしてきたりして、恐ろしくなって、やおらその男のそばまでよろめき寄って行って、ヤツめが独り占めしている掛けものに、むりやり体を差し入れていく。そのときの最悪なるかっこわるさといったら……。男のほうでは、きっとムキになって強情《ごうじょう》を張ってるのであろうか、狸《たぬき》寝入りで、知らん顔をしている。

この時代には、まだ敷布団、掛け布団なんて寝具は発明されていなかった。それゆえ、夜寝るときは、着ていた衣を脱いで、それを掛け布団のように重ね掛けて寝たのであるが、口喧嘩の果てに、男がその掛けものを独り占めにして寝てしまったというわけである。

おそらく、これも清少納言自身の経験談ではないかと思わずにはいられない。それでなければ、どうしてこれほどまでにありありと見てきたように、鮮《あざ》やかに書けるものであろう。

最初のところの「なま心おとりしたる人の知りたる人と、心なることといひむつかりて」というのは、なんだかこんがらがったような言い方だけれど、これは、「この男は下らないわ」と軽蔑するような思いを抱いている女、それがすなわち「心おとりしたる人」という言葉の意味するところである。その頭に「なま」とついているのは、「なま半可《はんか》」「なま道心《どうしん》」などというときのように、まだ完全にはそうなっていない、半分くらいそういう状態になりかかっている、という意味である。だから、一時は懇《ねんご》ろな恋仲であったところが、どうもこの男が大したことのない者だとわかってきて、もういいかげん軽侮《けいぶ》の心が起こってきた、というところであろう。男女関係の微妙なあわいが、こういうちょっとした言葉で表現されていることに注意しなくてはならない。

そんなふうに、もう相手を軽侮しはじめている女が、その件《くだん》の愛人と、遠慮会釈《えしやく》なく、思うことを言いたい放題に言い合った、というのが「心なることといひむつかり」ということである。お互いに隙間風が吹きはじめて、嫌気がさしているから、喧嘩も遠慮がないのである。

だけれども、そこは男と女である。夜の衾《ふすま》のなかで、女が離れて寝ようとするところを、男が、まあ一度は我を折って、停戦を持ちかけてくる。夫婦喧嘩は寝て直る、というような機微《きび》でもあろう。

しかし、女は腹が立ってるから、男に触られるのも、近寄られるのもうっとうしいわけである。だから、もう強《し》いて遠くに離れて、そっぽ向いて寝ようとする。

すると男は頭に来るから、えいっとばかり、掛けものを力ずくで引っぱって取ってしまう。そして自分だけ温かくくるまって寝てしまった。

しまった、と思うけれども、女は意地を張って、一人でうすら寒い単《ひとえ》の衣《ころも》一枚の姿で、男に背を向けてでも臥したところであろう。

やがて夜も沈々《しんしん》とふけてくる。

男は大いびきで寝てしまったようだ。

だんだんと体は冷え、心も落ち着いてくると、ふと寒さが骨身《ほねみ》に徹してくる。

そうなってくると、さあ、暗闇のなかに女が一人取り残されているわけで、寒いだけでなく、心細くもあり、怖いということもある。時は物《もの》の怪《け》などが横行する丑三《うしみ》つ時、どこかで扉が軋《きし》みながら開くような音などが聞こえてきたりする。ああああああ、女はもう怖さと寒さで、さぞ震え上がったことであろう。

そうして、嫌だけれど白旗を立てて男の衾に身を寄せていくというところである。

いくら強がっても、女は女、こういう身の毛もよだつような夜の闇の恐怖には、やっぱり弱い。そこが女のかわいいところで、その弱い女に、しかし、いまや軽蔑されてしまっている男でも、こんなときにはちょっと頼もしい感じもあり、なにより、誰でもあれ、冬の寒さは人肌で温めあうのがもっとも快《こころよ》いということを、こういう描写が正直に物語っている。

面白いなあ、しかし。

清少納言ほどの人でも、やっぱり優しい女らしいところがあるよなあ、と、私などはどうしたって嬉しくなってしまうのである。

じつはこの「なま心おとりしたる人の」以下の部分は、たとえば、江戸時代の枕草子注釈の金字塔とも言うべき北村季吟《きたむらきぎん》の『枕草子春曙抄《しゅんしょしょう》』などには、ここのところではなくて、もっと前の、「ねたきもの」（第4講に書いた）の後半部に含まれている。そうして、『枕草子春曙抄』では、その終わりの文章は次のようになっている。

……おく（奥）にもと（外）にも物うちなりなどして、おそろしければ、やをらまろびよりて、きぬひきあぐるに、そらねしたるこそいとねたけれ。なをこそこはがり給はめなどうちいひたるよ。

つまりこういうことである。

……奥のほうでも外のほうでも、怪しげな物音がして、恐ろしいので、いきなり転がり擦《す》りよって行って、衣をひっぱってみると、男は狸寝入りしているので、いかにも舌打ちしたくなる。すると、男は目を覚まして『そこでそうやって、ずっと怖がっていなさったらいいだろうに』などと憎まれ口をきいたりする、ちぇっ。

このほうが、いっそうドラマ的で、写実味がある。そしてたしかに、この部分は、「無徳」すなわち、どこにも良いところなし、という感じよりは、むしろ「ねたし」すなわち、舌打したくなる、というほうがふさわしくも感じられる。

ともあれ、ここにもまた、人間くさい、女らしい、経験と物の考え方がくっきりと露頭していて、私は、読むにつけて何度も大きな溜《た》め息をつかずにはいられないのである。

# 第7講

# お気に入りの男たち

［第百三十五段、第三十五段、第三十三段、第八十三段］

## 清範というお坊さん

清少納言は、ほんとうに正直な人であったと見える。第百三十五段などを読むにつけて、しみじみとそのことが身にしみて感じられるのである。

故殿《こどの》の御《おん》ために、月ごとの十日、経・仏など供養《くやう》ぜさせ給ひしを、九月十日、職《しき》の御曹《おんざう》司《し》にてせさせ給ふ。上達部《かんだちめ》・殿上人《てんじやうびと》いとおほかり。清範《せいはん》、講師《かうじ》にて、説《と》くこと、はたいとかなしければ、ことにもののあはれ深《ふか》かるまじきわかき人々、みな泣くめり。

――亡き御父君道隆《おんちちぎみみちたか》さまの御ために、中宮さまは、毎月十日に写経をされたり、仏前の法要を営まれたりしたものだったが、九月十日の御法要は、中宮職《ちゆうぐうしき》の一室でなさった。上達部《かんだちめ》・殿上人《てんじょうびと》などという身分の方々がたくさん御参列になり、講師《こうじ》は、あの清範《せいはん》が勤めたので、その説くところはなんとしても切々としていて、ほんとうだったら、そんなことにはほとんど興味も関心もないだろう若い女房たちも、こぞって泣いているようだった。

中宮定子の父親が、関白藤原道隆である。その道隆が長徳《ちょうとく》元年四月十日に没して以来、服喪中の一年間、毎月のいわゆる月命日ごとに、写経やら法要やらを執行《しゅぎょう》したというわけなのだが、それはさぞかし盛大な催しだったのであろう。

で、ここに清範という坊さんが出てくる。この人は、すでに第三十五段にもその名が見える人で、それはこんなふうに出てくるのである。

朝座《あさざ》の講師清範《こうじせいはん》、高座《かうざ》のうへも光りみちたる心地《ここち》して、いみじうぞあるや。

――朝の説経の講師清範の様子といったら、高座のあたりが光り満ちているような心持ちがして、えも言われぬありさまであった。

じつは、清範という人は、そのころ抽《ぬき》んでた説法の名手として鳴り響いていたのである。また、『古事談《こじだん》』という説話集の巻三、第三十四話にも、こんなことが言ってある。原文は非常に読みにくい漢文まがいの文章で書いてあるので、今ここでは仮に読みやすく書き改めてお目にかける（現代思潮社古典文庫本による。ただし読み下し文は著者）。

清範律師は、播磨《はりま》国の人、興福寺法相宗《ほつさうしゆう》、和氏《わし》、空晴僧都《くうせいそうづ》の孫弟子、守朝已講《しゆてういこう》の弟子なり。諸法において無双、文殊《もんじゆ》の化身《けしん》とぞいはれける。不思議勝《あ》げて計《かぞ》ふべからざるなり。御《み》堂入道殿《だうにふだうどの》、実否《じつぷ》を知《しろ》し食《め》されむが為《た》めに、仏事を修《しゆ》して、百僧を請《しやう》ぜらるる時、次《なら》ぶ座《ざ》には皆な半帖《はんでふ》を儲《まう》けられて、一の半帖に、文殊と書きたる札《ふだ》を、縁《へり》の中《なか》に隠して押して敷き交《まぢ》へられたりけるに、此の律師、「吾が座は候ふ」とて、掻き分けて此の半帖に坐せられけり。其の後《のち》にぞ決定《けつぢやう》文殊の化身とは知《しろ》し食《め》されける。三十八にて遷化《せんげ》、清水寺《きよみずでら》の上綱《じやうがう》と申しけり。

つまり、この人はともかく天下無双の説経の名人であったばかりでなく、すべてのことに通暁《つうぎよう》した人であったために知恵第一の文殊菩薩《もんじゆぼさつ》の化身だとまで言われていたというのである。で、そのことの真偽を確かめようというので、御堂入道道長《みちなが》が、一計を案じて、仏事を執行するという触れ込みで百人の僧を招き、その座に半帖の畳を置き並べて、そのなかの一つの内部に、文殊と書いた札を隠しておいた。すると、清範は、迷うところなく、「ここに自分の座るところがある」と言って、くだんの文殊の札を隠した半帖にさっさと座ったので、なるほど文殊の化身であることがわかった、というわけである。

また、『今昔物語集《こんじやくものがたりしゆう》』巻十七の第三十八話にも「律師清範《りつししやうはん》文殊の化身なることを知ること」という話が出ていて、こちらでは、清範の没後、彼の親友であった大江定基《おおえのさだもと》が入道《にゆうどう》して寂照《じやくしよう》となり、清範から貰った念珠《ねんじゆ》を大切に持って入唐《につとう》したときに、唐朝《とうちよう》の天子の御《み》子《こ》が出てきて「その念珠は、未《いま》だ失はずして持《も》たりけりな」と日本語で言った、という。それで、この御子が清範の生まれ変わり、すなわち文殊菩薩が清範遷化の後、再び化身して唐朝の皇子となって彼《か》の国を済《すく》うべく化現《けげん》したのだ、という話に造形されてもいる。

いずれも荒唐無稽《こうとうむけい》な作り話のようだけれど、つまりそのくらい、清範という名前は、当時有名であったわけなのだ。が、いやいや、それだけではないのであろう。

思うに、この道隆の法要の時分には、清範はまだ二十五歳の青年であった、というところが実は、『枕草子』を読むときは大切なのである。というのは、第三十三段に、こんなことが書いてあるからである。

## お坊さんは美男が良いに決まってる

説経の講師《こうじ》は顔《かほ》よき。講師《こうじ》の顔《かほ》をつとまもらへたるこそ、その説《と》くことのたふとさもおぼゆれ。ひが目《め》しつればふとわするるに、にくげなるは罪《つみ》や得《う》らんとおぼゆ。このことはとどむべし。すこし年《とし》などのよろしきほどは、かやうの罪《つみ》えがたのことはかき出でけめ、今は罪《つみ》いとおそろし。

――説経の講師のお坊様は美男のほうが良いに決まってる。ついついその顔を見てしまうくらいの美男だったら、彼が説くことも尊いような気がしてくるから……。でも、醜男《ぶおとこ》だと、どうしても目を背《そむ》けてしまって、その言ってることも忘れてしまうかもしれないから、そんなのは罪なことだと思われる。いやいや、尊いお説経について、そんな罰当たりなことを言ってはいけないいけない。私ももっと若かったらそんなことも書いてもいいかもしれないけれど、もう年ゆえ、あの世行きも近いので、あまり罪なことは書かぬことにしておこう。

この「説経の講師は顔よき」と書くとき、清少納言の心裡《しんり》に去来《きょらい》していたのは、おそらく清範その人ではなかったかと、私はほぼ確信に近いものを覚える。清範という坊さんは、光り輝くような美男で、滑舌爽《かつぜつさわ》やかに、朗々《ろうろう》たる美声で講説したのであったろう。そういう外面に、案外と人間は左右されるのである。

そこで話を百三十五段に戻すと、抹香《まっこう》臭い法要の説経など、普通だったらそっぽ向いてお喋りでもしていようかという若い女房たちが、みんなこぞってさめざめと泣いている「ようだ」と、清少納言は観察している。この「泣くめり」というときの「めり」という助動詞は、「見《み》あり」というのが語源だろうと説かれているもので、つまり「……というように見える」というのが本義であるから、少納言は、若い女房たちが、みんなこのハンサムな青年僧の講釈を聞いて、感極まって泣き出してしまっているのを、どこか冷《さ》めた目で見ているような気味がある。

思い当たるのは、第百二十四段「はづかしきもの」のところに、夜居《よい》の僧が聞いているのも構わず、ペチャクチャと無駄話に興じている若い女房たちの現実が描かれていたことだが、さらにもっと詳しくは、この段の直前第百三十四段に、その具体的なお喋りの内容をあれこれと書き綴っているところがある。それは言ってみれば、ファッション談義のようなものので、若い娘たちの関心事は古今あまり変わりのないことが思われて愉快であるが……、そういうとき常に少納言は、年長のお目付け役というような感じに書かれている。だからきっと、ここも、感極まって泣いている娘たちを、冷めた目で観察していた少納言だったのであろう。ま、それはともかく。その続き。

## 男前なる貴公子、齊信

果《は》てて、酒飲《さけの》み、詩誦《しず》しなどするに、頭《とう》の中将齊信《ただのぶ》の君の、「月秋《つきあき》と期《き》して身《み》いづくか」といふことをうちいだし給へりし、はたいみじうめでたし。いかで、さは思《おも》ひ出《い》で給ひけん。おはします所に、わけまゐるほどに、立《た》ち出《い》でさせ給ひて、「めでたしな。いみじう、今日《けふ》の料《れう》にいひたりけることにこそあれ」とのたまはすれば、「それ啓《けい》しにとて、もの見《み》さしてまゐり侍りつるなり。なほいとめでたくこそおぼえ侍りつれ」と啓《けい》すれば、「まいて、さおぼゆらんかし」と仰《おほ》せらる。

――さて、法要が終わって、お酒が出て宴会になる。いろいろな人が詩を朗詠したりするうちに、頭《とう》の中将齊信《ただのぶ》の君が、「月秋《つきあき》と期《き》して身《み》いづくか（月は秋の来たるを期して清光を輝かせるが、それを賞すべき人は今どこにおられるのであろう）……」という詩をしみじみと朗吟なさったのは、もうどうにもこうにもすばらしかった。この齊信という方は、どうしてこんなにドンピシャな詩を思いついて歌われるのであろう。

私は、そのことをちょっと申し上げたくなって、向こうのほうにいらっしゃる中宮定子さまのほうへ、並み居る人をかき分けて行くと、中宮さまのほうからも、わざわざ立ってお出でになって、

「すばらしいわねえ、なんてまあ、まったく今日の此のときのためにあつらえた詩句みたいだことね」

とおっしゃる。そこで、私が、

「ええ、ええ、そのことを申し上げようと思って宴《うたげ》の途中でよろず拝見もそこそこに、こうして参ったのでございますもの。ほんとにもう、なんーーってすばらしいんだろうと存じまして」

と、こう申し上げたところ、中宮さまはニッコリして、

「まあ、そうでしょうとも。そなたは齊信さまの大ファンですものねえ」

とおっしゃった。

## 二人の関係

さて、ここからが清少納言の隅《すみ》に置けないところである。清範律師も、たいした男前で素敵であったけれど、続いて登場してくる、この頭の中将齊信という人がまた、何ともいえぬ男前で、かっこうよくて、ちょいワルで、色好みで、清少納言も彼ばかりは大好き、と思わずにはいられない男なのだった。

紙幅の関係で、詳しくは書けないけれど、第八十二段「頭の中将の、すずろなるそら言《ごと》を聞《き》きて」と、それに続く第八十三段に、齊信のことは詳しく描叙され、清少納言との微妙な関係が読み取れる。

なにしろ、どういうわけであったか知れないが、宮中に清少納言を悪《あ》し様《ざま》に言う噂が広まって、もともと互いに尊敬もし、好意も抱いて仲良くしていた二人が、冷淡でよそよそしい一時期を過ごしたことがあったらしい。

で、少納言のほうは、そのうち誤解は解けるだろうくらいにじっと我慢していたのだが、齊信は、わざと視線を避けたりして、よっぽど気に入らないことがあるらしかった。しかし、二月のある大雨の夜のこと、さすがの齊信も、かねて何でも言い合える仲であった少納言と、そんなふうに会わずにいるのも、いかにも物寂しい気がしてきたらしい。

少納言が、中宮のもとへ参上すると、その夜はもうお休みになってしまわれたようだった。なんだか気が抜けて、そこらの女房たちと言葉遊びなどしても、どうもつまらない、……と思っているところへ、齊信の使いの者が「親展」だと言って彼女宛ての手紙を持ってきた。そしてすぐに、今すぐに返事を書けというのだった。

中途半端に絶交状態になっている清少納言との間柄に黒白《こくびやく》を付けようとして、齊信が、彼女の才覚を試すために「蘭省花時錦帳下《らんせいのはなのときのきんちょうのもと》」という白楽天《はくらくてん》の詩句を書いてよこし、これに詩句を応酬せよというわけなのだった。男勝《まさ》りの才学を有する少納言の、その得意の鼻を折ってやろうというくらいのことだったかもしれない。

ところが、少納言もさる者、敢えて漢詩句で応酬することはせず、「草のいほりをたれかたづねん」と、女らしく和歌の下の句で答えてよこしたというわけなのだった。

実は、齊信ら数人の男たちが一計を案じてこんな詩句を送ってよこしたのだったが、さて、困ったのは、男たち。ややや、こいつは一本取られた、少納言め、この下の句に上の句を付けてご覧なさい、という反撃であろうというわけで、男ども、いろいろ頭をひねったが、とうとう夜明かししてもうまく句を付けることができなかった。

……というような事件があって、結局、二人は元通りに仲良くすることになった、という話である。

やがてまたの年、齊信が、清少納言のところへ「方違《かたたが》へ」のために一泊させてくれ、と言ってくる。そのときに、自分の局《つぼね》のほうへ訪ねてくると言ってきたのを（なにしろ、夜に君の部屋の戸を叩くから、すぐに開けておくれよ、というような文をよこしたというのだから、まさに色好みそのもの）、少納言のほうでは「局《つぼね》は、引《ひ》きもやあけ給はんと、心ときめきわづらはしければ」、つまり「もし局のほうへお通ししたら、きっと戸を引き開けてずんずんと入って来られるだろう、それは心がときめいて、なにかと面倒になる」からという理由で、梅のお庭の御殿の東側のいちばん外のところで、対面したというのである。今でいうと、部屋に入って来られては困るから、ロビーでお目にかかります、みたいなものであろう。そのときの齊信の様子が次のように描写されている。

桜《さくら》の直衣《なほし》のいみじくはなばなと、裏《うら》のつやなど、えもいはずきよらなるに、葡萄染《えびぞめ》のいと濃《こ》き指貫《さしぬき》、藤《ふぢ》の折枝《をりえだ》おどろおどろしく織《お》りみだりて、くれなゐの色、打《う》ち目《め》など、かがやくばかりぞ見《み》ゆる。しろき、薄色《うすいろ》など、下《した》にあまたかさなり、せばき縁《えん》に、かたつかたは下《しも》ながら、すこし簾《す》のもとちかうよりゐ給へるぞ、まことに絵《ゑ》にかき、物語のめでたきことにいひたる、これにこそはとぞ見えたる。

——桜がさね（表は白、裏は赤）の衣をまことに華やかに召され、裏から映って見える色などもなんともいえない清らかな美しさ、そこに海老茶《えびちゃ》の濃い色の指貫《さしぬき》を穿《は》き、その生地には藤の折り枝を豪華に織り出して、砧《きぬた》で打って出した艶《つや》が輝くばかり。袖口からは下着の白や薄紫など、あれこれ重ねて着ているのが見える。その華やかな出で立ちで、狭い縁の上に半身《はんみ》になって座り、片足は地面に下《お》ろしつつ、体は少し簾《す》のところへ近寄せて座っておられる、その御様子は、もうまったく絵に描いたよう、物語にうるわしく書かれた美男のありさまこそ、ああ、まったくこういうのだったろうなあと思わせてくれる美しさであった。

というふうに、筆を尽くして褒めているから、ほんとに美しく立派な男ぶりだったのであろう。そうして、このころ、齊信は二十九歳くらい、少納言は三十歳くらいだったろうと考えられている。男は男盛り、女は大年増というような感じに想像されようか。

とまあ、そういう男前の貴公子齊信が、良い声で漢詩を朗詠したというわけなので、清少納言としては、いやでもおうでもポーッとしてしまうわけだった。

と、齊信の好男子ぶりを確認したところで、話はまた百三十五段の続きに戻る。

## 齊信の口説き文句

わざと呼《よ》びも出《い》で、逢《あ》ふ所ごとにては、「などか、まろを、まことにちかく語《かた》らひ給はぬ。さすがにくしと思《おも》ひたるにはあらずと知《し》りたるを、いとあやしくなんおぼゆる。かばかり年《とし》ごろになりぬる得意《とくい》の、うとくてやむはなし。殿上《てんじやう》などに、あけくれなきをりもあらば、なに事をか思ひ出《い》でにせむ」とのたまへば、「さらなり。かたかるべきことにもあらぬを、さもあらんのちには、えほめたてまつらざらむが、くちをしきなり。上《うへ》の御前《おまへ》などにても、やくとあづかりてほめきこゆるに、いかでか。ただおぼせかし。かたはらいたく、心の鬼《おに》出《い》で来《き》て、いひにくくなり侍りなん」といへば、「などて。さる人をしもこそ、めよりほかに、ほむるたぐひあれ」とのたまへば、「それがにくからずおぼえばこそあらめ。男《をとこ》も女も、けぢかき人おもひかたひき、ほめ、人のいささかあしきことなどいへば、腹立《はらだ》ちなどするが、わびしうおぼゆるなり」といへば、「たのもしげなのことや」とのたまふも、いとをかし。

――齊信さまは、私をことさらにどこかに呼び出して言うこともあったし、またなにかのついでにばったり会ったりした折ごとにも、いつだって、こんなことをおっしゃるのだった。

「なあ、どうして、僕と、ほんとうに親しく語らってくれないんだ。……ったって、おまえが僕を嫌っているわけじゃないことはわかっている。それなのに、最後のところでいつも一線を引いて近寄せてくれない。それはどうしても納得がいかないよ。なんたって、おまえと僕の仲じゃないか。もうずいぶん長いこと馴染んで来た間柄なのに、このまま他人行儀なままで終わるなんて、そりゃないってもんじゃないか。僕だって、いまは蔵人頭《くろうどのとう》というお役目がら、年中殿上に伺候《しこう》しているから、こうしてしょっちゅう会えるけれど、そのうち参議にでも昇格して公務に忙殺されるようになったら、そう滅多《めった》に会えなくなってしまう。そしたら、おまえとの仲の思い出が、何も残りゃしないじゃないか。そうだろ」

と。そこで、

「もっと親昵《しんじつ》な間柄になりたい、なんてそんなこと言うだけ野暮《やぼ》というものです。私だってもちろん、そうしたいのは山々なんだから、私たちが深い関係になることなんてわけはないわ。だけどね、もしそうなったら、私は、今みたいに平静な気持ちであなたのことを褒めることができなくなる。それがくやしいじゃない。陛下の御前に出たときだってね、私は、それが私の役目だと割り切って、いつもあなたのことを褒めて褒めて、褒めてばかり。でも、そんなことも私はできなくなる。だからね、ただ、私のことを良いヤツだって、思っていてくださいね。あなたに抱かれたら、私は、もう人前であなたのことを口にするのも決まりが悪いし、知らん顔して褒めたりするのも良心の呵責《かしゃく》を感じるだろうし、結局なにも言えなくなってしまうもの」

と言ってみた。そしたら、

「なんで、そんなことがあるものか。男の立場からしたら、ほんとに愛する人がいたら、妻じゃなかったとしても、妻よりもっと褒めたりするるってことがあるよ」

とおっしゃる。だから、私はこう言った。

「そういうことが嫌《いや》でない人だったら、それはそうでしょうね。でも私は違う。男だから女だからなんて、そんなこと関係ない。身近な人を贔屓《ひいき》して、褒めたり、他人がそういう人を悪く言ったりするとすぐ腹を立てたり、そういうのが、私は、なんだかみじめで嫌なのよね」

するると、齊信さまは、

「あーあ、なんだか君は頼りがいのない人だねえ」

とおっしゃったのは、ほんとにあーあ、という感じだった。

とまあ、こんなふうに、ちょっと現代語らしく訳してみると、少納言と齊信の、まあなんというか、フランクで闊達《かったつ》なやりとりが浮き彫りになってきて、少納言という人の、ちゃんと恋の甘さも辛さも知った、しかし、どこか姿勢を崩さない凛とした人柄が思われる。

そして、「この世の思い出づくりのために、せめて一度は……」なんて言っている、この齊信の口説き文句なんか、現代の男どもとちっとも変わらないし、それに対しての、少納言の抗弁も、ああ、あるあるそういうこと、という感じに眺められる。つまり、ここには「現代」があると言っても過言でない。

つくづく、『枕草子』には生きた人間がありありと描かれているなあ、うーむ……。

# 第8講

# ハラハラして気が気じゃない

［第百五十段、第百九十一段］

# 胸つぶるるもの

「胸つぶれる思いがした」という言い方を、このごろはあまりしなくなったけれど、私どもの世代までは、ごく普通に使ったものだった。ただし、それは、なにか特別に悲惨な事件だとか、ほんとうにがっかりするような出来事などに直面して、悲嘆傷心するありさまを言うのであったけれど、『枕草子』の第百五十段に「胸つぶるるもの」として出てくる「胸つぶる」は、ちょっとちがった言い方のように思われる。

胸《むね》つぶるるもの　競馬《くらべむま》見《み》る。元結《もとゆひ》よる。親《おや》などの心地《ここち》あしとて、例《れい》ならぬけしきなる。ましてて、世の中などさわがしと聞《きこ》ゆるころは、よろづのことおぼえず。また、ものいはぬちごの泣《な》き入《い》りて、乳《ち》も飲《の》まず、乳母《めのと》のいだくにもやまでひさしき。

——胸がどきどきするようなこと。宮中の行事の競馬《くらべうま》を観るとき。元結《もとゆい》にする紙縒《こより》を縒《よ》ること。親などが、どうも気分が悪いといって、ふつうでない様子をしているのは気が気でない。ましてや、世の中に疫病《えきびょう》が流行《はや》っているということを聞く折などは、心配でなにも手に付かない。また、まだ口のきけない赤ちゃんが、泣いて泣いて、お乳も飲まず、乳母が抱いてあやしても泣きやまない、なんてのは、いったいどうしたのだろうと気を揉《も》むことである。

## 競馬にハラハラ、紙縒作りにどきどき

こういう例から見ると、「胸つぶる」というのは、悲嘆傷心というようなことではなくて、ひたすら何かを心配するとか、はらはらして気が気でないとか、おろおろと気を揉むとか、そういう神経不安という感じであったらしいことがわかる。

この「競馬」というのは、宮中の武徳殿《ぶとくでん》で毎年五月に行なわれる公式の行事で、もともと

は相撲《すまい》などと同じく年の吉凶など神意を伺《うかが》うための神事であった。けれども、実際にこの時代に行なわれていた形は、そういう厳粛な気分は希薄になって、より競技的なものになっていたのであろう。そうして、ただ漫然と競争するのでなくて、第一組、第二組というように、二頭ずつが番《つが》わされて、いずれが勝つか勝負を決するというのであったらしい。しかも、ただ駆けるだけでなくて、相手の騎手を引き落としたりする格闘技的な要素もあったようで、日ごろはのどかで平和な女性的世界にいる女房たちにとって、男性的で闘争的な世界を垣間見《かいまみ》る数少ない機会であったわけである。

カツカツと鳴る蹄《ひづめ》の音、観衆の叫びや応援、そうして得たりやおうと馬を駆け、乗り手を組み打ちにする叫び声、そういう場面を想像すると、清少納言たち見物に与《あずか》る女たちが、興奮してどきどきハラハラした感じはよく想像できる。

「元結よる」というときの、この元結とは、要するに紙縒《こより》を縒《よ》ることであった。この紙縒で髪の毛をしっかりと縛って髻《まげ》を結《ゆ》うのが元結である。

現在では、元結も専門的に作る職人があって、どの家でも作るなんてことはなくなってしまったが、この時代には、とくに宮中などでは、女房たちの仕事のなかに、紙縒を作るということが行なわれていたのである。

それで、髪を結うばかりでなく、たとえば冊子《そうし》を綴《と》じたり、水引《みずひき》のようにものを結んだり、さまざまの用途に紙縒は用いられた。

ところがこれを上手に作るのは案外と難しくて、実際にやってみると、太さが区々《まちまち》であったり、途中で切れてしまったり、なかなか思うようにはいかない。ほんとうに上手な人が作ると、細長い紙を縒って出来た紙縒が、そのもとの紙の対角線と等しい長さに仕上がり、なおかつ、太さは一定して細く、片方の端を持ったときにピンと立つのである。これがヨレッとなって立たないとか、太さがでこぼこしたりとかすると、実際に使うときに極めて使いにくくまた強度的にも弱い。だから、女房たちの世界では、おそらく、こうした手わざをうるさく仕込まれたものであったろう。

そこで、紙縒を一生懸命に縒りながら、はたしてそのように上手にできるかどうか、どきどきしながら神経を指先に集中しているわけである。

その次のところは、人の生死《いきしに》に関わることである。

## 病への不安

親がどうも具合悪いといって顔色も悪く病臥している、という場合、現在からは想像もつかないくらい、心配の種になったものだろうと思われる。というのは、昔の人は、栄養状態も悪かったし、医薬も迷信的なものが多かったから、わりあい簡単に死ぬのであった。平均寿命などは、おそらく三十歳にもならなかったに違いない。

しかも、かてて加えて、昔は疫病の流行がしばしば襲ってきた。ここで「世の中などさわがし」と言っているのは、まさにこの疫病が世間を騒がせているということの謂《い》いである。それをはっきり疫病と書かないのは、そういう忌《い》むべきことを口に出し言葉に書くなどするのは不吉であると信じられていたからだ。

その騒がしい原因は、天然痘《てんねんとう》であったり赤痢《せきり》であったりと、さまざまだったけれど、一旦流行しはじめると、それにかからぬようにするのは、ひたすら神頼みというような方便しかなかったのである。

そういう中で、幸いに、少納言の母親はまだこの文章が書かれたころには健在でいたらしい。一説には、正暦《しょうりゃく》五〜六年（九九四〜九九五）のころ、都の内外に大いに疫病が流行ったことがあって、じっさいにその時分に母親が体調を崩したことなどもあったのだろう。

はたしてこれは疫病なのだろうか、そうでないのだろうか、もし疫病だったら死に直結したわけだから、そのハラハラどきどきは尋常ではなかったことと思われる。父親は、もうそのころ亡くなっていたから、一人残った母親への思いは、まさに大袈裟でなくて「よろづのことおぼえず」であったに違いない。

さて、その次のところは、親の身を案じたところから反転して、こんどは親の立場で子の身の上を案じるという視線に移る。

大人でもなにかというとあっけなく死んでしまうことがあった時代、まして赤ん坊の死亡率は驚くべき高さであった。生まれた子の半分どころか、三分の二くらいは幼時に死んでしまったのではなかろうかと想像される。いや、もっとかもしれない。

ともあれ、だからこそ、いとけない赤ちゃんが、なにか理由もわからず火のついたように泣き続けるというのは、不吉きわまりない不安至極《しごく》の兆候であった。

どこか痛いのではないか、苦しいのではないか、疫病にかかったのではないか、おそろしい物《もの》の怪《け》に魅入《みい》られたのではないか、親の心配はそれからそれへと、果てしなく襲ってくる。

こういう親や子の不予《ふよ》変調に際会《さいかい》するとき、清少納言の「娘としての母親への思慕」、それから、「母親としての我が子に対する愛着」、そういうすぐれて女性的な心の働きが躍動していたように、ここは読める。

おそらく男だったら、こういうふうに細やかには心が動くまいと反省されるのである。で、その次。ここから先のところが、この章段はまた、いっそう面白いのである。

## あの人の声に胸がつぶれる

例《れい》の所ならぬ所にて、ことにまたいちじるからぬ人の声聞《こゑき》きつけたるはことわり、こと人などのそのうへなどいふにも、まづこそつぶるれ。いみじうにくき人の来《き》たるにも、またつぶる。あやしくつぶれがちなるものは、胸《むね》こそあれ。
よべ来《き》はじめたる人の、今朝《けさ》の文《ふみ》のおそきは、人のためにさへつぶる。

――いつもその人の姿を見かけるような場所ならともかく、ちょっと思い掛けないところで、それもまた、それほどはっきり聞こえたわけではないのだが、たぶん「あの方ではなかろうか」という声を耳にしたとき。えッ、もしかして、彼かしら、でもどうして？　こんなところに？　と思うと急にどきどきしてくる。それは当たり前だけれど、またそういうのとは違って、誰かが、「あの方」の噂をしている声が、ふと耳に入ってしまったりというときも、まずもって胸がつぶれる。反対に、もうあの人だいっきらい、と思ってるようなヤツがやってくると、ああ嫌《いや》だなあ、会いたくないなあ、と思って胸がどきどきする。まったく、わけのわからないほど、あれこれとつぶれがちなものは、この「胸」というものだ。

きのうの夜、はじめて通って来て一夜を共にした男が、帰っていった朝に「きぬぎぬの文」を、なかなかよこさないとき。それは、自分のことだったらもちろんだけれど、仮に、朋輩衆《ほうばいしゅ》の誰かの身の上のことだとしても、聞くだけで胸がつぶれる思いがする。

このところは昔から解釈が諸説紛々《しょせつふんぷん》としているところで、いまだに定説を得ないと言ってもいいのだが、よくよく思いを凝《こ》らして読み込んでみると、おおかた右の現代語訳のような意味になるのではないかと、私は思っている。

まず、「例の所ならぬ所にて」だけれど、問題は、そのような場所で、「人の声」を聞いた場合に、どきどきするというのは、いったいどんなシチュエーションでなくてはならないだろうか、とそこを考えてみればわかる。

なにか仕事の上のつきあいだとか、親類知己のたぐいだとか、女房仲間だとか、そういう人の声が、たとえどんなところで聞こえたとしても、別段胸が高鳴ったりはすまい。

どうしたって、ちょっとその声が聞こえただけで、胸の高鳴りを覚えるのは、そこに恋心が介在していなくてはならぬ。

で、その次の「ことにまたいちじるからぬ人の声」というのをどう考えるか、ここの解釈に諸説あって一定しないのだが、『枕草子全注釈』（田中重太郎・角川書店刊）の説くように「好きだと思っている人の声で、もうひとつはっきりしないがどうもそうらしいと思われる程度の声をいう」というように考えるのと、それとは全然違う解釈で『新版　枕草子』（石田穣二訳注・角川書店刊）のごとく、「特にそれも、世間に隠して公然の関係ではない恋人の声を聞きつけた時は」というふうに考えるのと、まあ大きく分ければ二つの解釈が対立している。

つまり、「いちじるからぬ」という形容詞を、前者は、声がはっきりしない、という意味に取るのに対して、後者は、二人の関係が公然でない、という意味に取るのである。

私の考えは、『全注釈』に近い。なにはともあれ、そういう状況に自分自身を置いてみる、という想像を働かせて考えるとわかる。

つまり、こんな場合だ。

会社勤めをしているA子が、同じ会社の同僚B君と恋人同士だとしようか。

で、同じ会社内で、B君を見かけもし、声を聞くことがあっても、それは別段怪しむにも足《た》りないことで、したがって胸がどきどきしたりもしない。

けれども、彼女が、女の友達とふだんはあまり行かないような居酒屋にでも遊びに行ったとしようか。そうしたら、隣あわせになった個室から、どうも聞いたような声が聞こえる。

「あれっ、もしかしたら、B君の声？？？」

とA子は一瞬思う。思うけれども、まさかこんなところにB君がいるわけはない。しかし、声の調子はどうも彼としか思えない。もっと近くではっきり聞けば、ほんとのところがはっきりするんだけれど、どうも騒がしい場所ではあり、隣の部屋ではありで、たしかに彼だとも断定しがたい、と、そんな場合に、彼女はもう何も手に付かず、どきどきして、その声のほうに心を引きつけられてしまうに違いない。

この場合、二人の関係が公然であるか秘密であるか、ということはさして問題ではない。問題なのは、それがB君であるのか、ないのか、その一点にかかっている。

もしかして、その声が聞きなれない女の声と会話している、なんてことがあったら、A子の心は千々《ちぢ》に乱れて一時《いつとき》も休まるまい。

以上は現代に場所を移して考えてみたのだが、こういう状況は、平安朝の宮中にだっていくらもあり得ただろう。色好みの男（たとえば、前講に詳述した齊信《ただのぶ》のような人物を想像してみたらよい）の声が、清少納言がいつも会うような場所ではなくて、まさか齊信がいるはずもないと思っているような場所で、ふっと聞こえてきた。

あ、あれは齊信さまだろうか……、と少納言の耳はその声に引きつけられる。だけれど、どうもはっきり彼だとも断定できない。

「例の所ならぬ所にて、ことにまたいちじるからぬ人の声聞きつけたる」というのは、すこし構造を整理してみると、「例の所ならぬ所にて、人の声聞きつけたる」というのが主な文脈で、その「人の声」が「ことにまたいちじるからぬ人の声」であったとしたら、というふうに説明しているのである。

こういう、はっきりしない状態で、大好きな人の声を、それも思い掛けない場所で、思いもしなかった形で、耳にしてしまったら、女心はどうしたって狂おしいものを覚えるに違いない。

そもそも、女は、男の「声」に対して非常に敏感で、好きな男の声は、かならず「いい声」と感じるものである。また女に好かれる男の必須条件の一つに、やっぱり「声が良いこと」というのを挙げておかなくてはなるまい。そのくらい、女は男の声に性的な魅力を覚えるものらしい。

しかし、男は、それほど女の声には反応しない。ここに男女の著しい違いがあるので、ここはどこまでも女心の問題として考えなくてはならぬところである。

そういえば、齊信だって、美男でしかも美声で朗詠するという男であったことを思い出してもらいたい。

したがって、そういう美しい声を持った男には、女が群がるという機序《きじょ》があって、仮に朧《おぼろ》げにしか聞こえなくても、女は耳聡《みみざと》く好きな男の声を聞きつける。で、その声が朧げであればあるほど、気を揉むということになるのであろう。清少納言のような立場にある女が、いかに気になったからとて、事実を確認するために、その声のするほうへしゃしゃり出るなんて、そんなはしたないことは決してできるわけもない。だから、ひたすらおろおろどきどきとその声に引きつけられているほかはない、というわけである。

いっぽうまた誰かの声が、どうやらこんどは自分の大好きな男のことを、あれこれと評定しているのが聞こえてきた、としたら、それはまた別の意味で聞き捨てならぬ。

ここのところは、そういう意味で、「好きな男」と「声」を巡る連想で書き連ねられている一文だと見るとよくわかる。そうではないか。

しかりしこうして、この何気ない短い文章のなかに、なかなか微妙にして複雑な女心の推移が描き込められているのだということに気付かされる。

## きぬぎぬの文を待ちわびて

かくて、「胸つぶるる」ことを縦糸にして、話は段々と佳境に入ってくる。

そしてズバリ、はじめて通って来て、一夜を共にした男……つまり、新しい恋人と初めて体の関係を持った、その翌朝。いや、恋はなにしろ「男が帰って行くときの、その朝の様子」こそが一大事だと、これは前に縷々《るる》説いてあったところである。

昔の男は、夜深《よぶか》く通って来て、女の閨《ねや》に至れば、ただちに性愛に力を尽くし、暁《あかつき》のまだ真っ暗な時間のうちに帰って行くのが「恋の約束ごと」であったことも、前に書いた通りである。で、帰り着いたらすぐに、いままでいっしょに過ごしていた女のもとへ、自分がいかに恋しい思いでいるかということをコッテリと書き綴った恋文を書く、これがいわゆる「きぬぎぬの文」である。

第百九十一段にも、こんな描写がある。

すきずきしくてひとり住《ず》みする人の、夜《よる》はいづくにかありつらん、暁《あかつき》に帰りて、やがて起《お》きたる、ねぶたげなるけしきなれど、硯《すずり》とりよせて墨《すみ》こまやかにおしすりて、ことなしびに筆《ふで》にまかせてなどはあらず、心とどめて書《か》く、まひろげ姿《すがた》もをかしう見《み》ゆ。

——色好みで、あちこちとたくさんの恋人がいるけれど、でも独り住まいをしている男が、さて昨夜はどこで過ごしたのであろうか、夜明け前に帰ってきて、ちょっとだけ寝てすぐに起き、なにやら眠そうにしながら、硯《すずり》を持ってこさせて、墨を丁寧に磨《す》っている。それで、さらさらと書き流すなんて様子ではなくて、一語一句、心を込めて念入りにきぬぎぬの文を書く。そのくつろいだ姿も、とても素敵に見える。

と、これが清少納言ら平安朝の女たちの目から見た望ましい男の姿であった。眠くても疲れていても、叙上のごとくただちに「きぬぎぬの文」を書くのが良い男であった。

女からすれば、初めて寝た男が、自分をどう思っているだろうか、というのは当面最大の関心事である。もしかして、逢うまでは恋しく思っていたけれど、一度寝たら愛想が尽きた、なんてことがありはすまいかと、それはもうどきどきハラハラしていたのが、当時の女の当たり前であった（いや、今だって、そういう女心は変わるまい）。それなのに、すぐにでも呉《く》れるはずの恋文が、いっこうに届けられない。

やがて陽がさしのぼり、すっかり明け放れても、思う手紙はやってこない。

こういうとき、女の心には何が思われているだろう。

……もしかして、やっぱりあの方は自分が嫌いになってしまったのではないだろうか。……いや、もしかしたら疲れて寝過ごしてしまっているだけかもしれない……でも、疲れて眠いからって、きぬぎぬの文もよこさないで寝てるなんて、やっぱり思いが冷めてしまったんだわ……ああでもない、こうでもない、と果てしない堂々巡りのうちに、時間ばかりは刻々と過ぎていく。

これがもう通い慣れた男だったら、そこはそれ、いかようにも推量のしようがあるのだけれど、初めて寝た男では推量のしようがない。そのきぬぎぬの文を見ないうちは気が気でないのは、当然であった。だからこそ、こういうのは、もっとも胸つぶるる、というもので、この一段の締めくくり、最大の胸つぶれ事件として、このきぬぎぬの文遅延事件が想起されているのである。

おそらくは、そんな思いを、清少納言自身も味わったのであろうけれど、いや、そういう経験があればこそ、たとえば、年若い女房の身の上に、そんなことが起こっているのを見ると、ああ、ああ、かわいそうに、と他人事《ひとごと》ならず嘆かれるのであったろう。

あの辛い気持ち、私にも覚えがあるもの、と、清少納言はそう内心につぶやいていたであろうか。うーむ。

# 第9講

# わ、カッワイー！

［第百五十一段、第百五十二段］

## 移り変わる「うつくし」

今回は、いままでとちょっと違った角度から、清少納言のすぐれた感性と表現を見てみることにしようか。

第百五十一段。

うつくしきもの　瓜《うり》にかきたるちごの顔《かほ》。雀《すずめ》の子《こ》の、ねず鳴《な》きするにをどり来《く》る。二《ふた》つ三《み》つばかりなるちごの、いそぎてはひ来《く》る道《みち》に、いとちひさき塵《ちり》のありけるを目《め》ざとに見つけて、いとをかしげなるおよびにとらへて、大人《おとな》などに見《み》せたる、いとうつくし。頭《かしら》はあまそぎなるちごの、目《め》に髪《かみ》のおほへるをかきはやらで、うちかたぶきて物など見たるも、うつくし。

――愛らしいもの。瓜《うり》に描いた子どもの顔。雀《すずめ》の子に、チュチュチュッと鳴き真似をしてやると、その声に惹《ひ》かれてちょこちょこ駆け寄ってくる。二歳三歳ほどの子どもが、なにか大急ぎで這《は》い這《は》いしてくる途中で、ふと、目の前に小さな塵《ちり》が落ちていたりするのを、目ざとく見つけて、その可愛らしい手にちゃーんとつまんで、ほらねっと大人に見せている、その様子の可愛らしさ。おかっぱ頭の女の子が、何を見ているのであろう、ちょうど目のあたりに髪の毛の先が下がっているのを、掻《か》き上げることもせず、器用に顔を傾けて毛先を除《よ》け除け、うつむいて見ている。なんて可愛らしいんでしょう。

このごろは、なんでもかんでも、気に入ったものをば「カッワイーッ！」なんて形容するのが横行していて、それが年端《としは》も行かない少女ばかりか、いい年の女性たちまでが、声をすり上げてそのようなことを言うのを聞くとなにやらうっとうしいけれど、考えてみると、可愛らしいものに対する感受性というのは、すぐれて女性的で、男どもは、そういう感性にはごく乏しいことを思い知らされることがある。

さて、ここで「うつくしきもの」と言っている「うつくし」という形容詞は、古くは、現代語の「うつくしい」とは相当に違った意味に使われていた。
まず、『万葉集』巻十四、東歌《あずまうた》三四九六番に、次のような例がある。

橘《たちばな》の古婆《こば》の放髪《はなり》が思ふなむ心愛《こころうつく》しいで吾《あれ》は行《い》かな

（橘《たちばな》の郷《ごう》の古婆《こば》の里にいる、振分け髪の乙女が、俺を思ってくれる、その気持ちが愛しいので、俺はさあ、通っていこうよ）

この「心愛し」は、原文では「己許呂宇都久思」と書かれ、つまりココロウツクシなのだが、意味上は、男から恋人の乙女への愛情の心である。
また同じく巻二十の防人《さきもり》の歌、四四一四番にも、

大君《おほきみ》の命《みこと》畏《かしこ》み愛《うつく》しけ真子《まこ》が手離《てはな》り島伝《しまづた》ひ行く

（帝のご命令を謹んで承《うけたまわ》って、いとしい妻の手を離れて、島から島へと遠く旅行くことだ）

この「愛しけ」は、原本に「宇都久之気」と表記されている。武蔵国秩父《むさしのくにちちぶ》郡の大伴部《おほともべの》少歳《をとし》

という人（伝未詳）の作だから、東国方言で詠まれていて、つまり、このウックシケは、ウツクシキの訛《なま》りである。この歌の場合は、夫婦の情愛であって、夫が妻を愛しく思う気持ちを「うつくし」と形容していることがわかる。

もう一つ、四四二二番の歌。

わが背《せ》なを筑紫《つくし》へ遣《や》りて愛《うつく》しみ帯は解《と》かななあやにかも寝《ね》も

（私の愛しい夫を筑紫《つくし》へやってしまって、私はその愛しさに帯は解《と》かずに心みだれつつ寝ることだろうか）

これも、「愛しみ」の原本表記は「宇都久之美」だからウツクシミと読む。そうして、ウツクシという形容詞に活用語尾を付けて動詞化した語がこれである。この場合は、妻が夫を愛しく思う気持ちを「ウツクシム」と表現しているのである。

かくてまず、古い使い方として、恋人や夫婦の間の愛情の表現として、ウツクシという形容が使われていたことがわかる。

そこで、巻四、五四三番に見える、次のような歌もウツクシという形容詞の一例と読むことができる。

大君《おほきみ》の　行幸《みゆき》のまにま　物部《もののふ》の　八十伴《やそとも》の雄《を》と　出《い》で行《ゆ》きし　愛《うつく》し夫《つま》は　天飛《あまと》ぶや
軽《かる》の路《みち》より……

（帝の行幸に付き従って、多くの武人たちとともに出で立った、私の愛しい夫は、空を飛ぶごとくにではないけれど、そのように軽々と、軽の路を通って……）

いまこの読みは、岩波の日本古典文学大系本に従ったのだが、「愛し夫は」というところの原文は「愛夫者」と表記されていて、これを「うるはしつまは」と読む説もあるが、私はその訓に従わない。

ともあれ、こういうふうに恋人または夫婦相互の愛しい気持ちを「うつくし」と言った用例は『万葉集』のなかにいくらも例があるのである。

いっぽう、巻五、山上憶良《やまのうえのおくら》の長歌、八〇〇番に、

父母を　見れば尊《たふと》し　妻子《めこ》見れば　めぐし美《うつく》し　世の中は　かくぞ道理《ことわり》……

（父母を見れば尊《とうと》く思われるし、妻子を見れば胸が苦しくなるようないとしさを覚える、それが世の中の道理というものだが……）

というのがあって、この例では、原本の表記は「妻子美礼婆　米具斯宇都久志」と書かれているので、間違いなく「メグシウツクシ」なのだが、このウツクシは、妻と子に対して感じる愛惜的感情を表わしているわけである。

また『日本書紀』には、斉明《さいめい》天皇の十月のところに、

愛《うつく》しき　吾《あ》が若《わか》き子《こ》を　置《お》きてか行《ゆ》かむ

（かわいい我が子を置いて、どうして旅に行くことができようか）

と、こういう歌が出ていて、この「愛しき」は、原本表記「于都倶之枳」つまり、ウツクシキと書かれている。これらの例は、親子の情愛、とりわけ親が我が子に注ぐ「かわいいナア」という気分に違いない。

そこでまた、次のような歌も、この一例として見ることが妥当である。

……夕星《ゆふつづ》の　夕《ゆふべ》になれば　いざ寝よと　手を携《たづさ》はり　父母も　上《うへ》は勿下《なさが》り　三枝《さきくさ》の中にを寝むと　愛《うつく》しく　其《し》が語らへば　何時《いつ》しかも　人と成り出でて……

（巻五　九〇四）

（……宵《よい》の明星《みようじよう》が出た夕方にもなれば、さあ寝ようと、手をつないで、「お父さん、お母さん、離れないで、僕は二人の真ん中に寝るからね」と、可愛らしくおまえが言っていたことなど思い出されるけれど、いつのまにか、すっかり大きくなって……）

これは古日《ふるひ》という息子が若くして親に先立ってしまったのを悲しんで、親が歌った挽歌《ばんか》で、作者は不明であるが、人の親となってみれば、涙なくしては読めない歌である。この「愛しく」は、原本の表記「愛久」であるが、これを「ウツクシク」と読むことは、今日定訓となっている。

といってまた、次のような例も見える。

これも巻二十、防人の歌の一つ、四三九二番の歌。

天地《あめつし》のいづれの神を祈らばか愛《うつく》し母にまた言問《ことと》はむ

（天神地祇《てんじんちぎ》どんな神様に祈ったら、あの愛しいオッカサンに再会して言葉を交わすことができるんだろう）

これは今の千葉県の成田《なりた》あたり、埴生《はにゆう》郡の大伴部麻与佐《おほともべのまよさ》という人（伝未詳）の作であるが、「愛し母」のところ、原本は「有都久之波々尓」とあるから、ウツクシハハニと読む。そうして、この場合は、息子から母への愛しい気持ちの表現なのである。

こういう諸々《もろもろ》の例を以て考えるに、もともと夫婦または恋人同士、あるいは親子相互の愛しがる気持ちをば、広く「うつくし」と言ったのであろう。

それが、愛するという気持ちは親の子に対する場合にもっとも純粋に先鋭に表われるので、やがて親が子を思う「かわいいナァ」という気持ちが中心になっていって、平安朝に入ると、もっぱらそっちの意味合いが普通になったらしく思われるのである。

『枕草子』の「うつくしきもの」は、まさにこの「親が子を見るときに感じる可愛らしさ」というほどの感情であって、純粋に可愛らしいなあと思うものを列挙しているわけである。

## 瓜あそびの姫瓜や、小鳥の可愛らしさ

さて、「瓜《うり》にかきたるちごの顔」であるが、これはおそらく「姫瓜《ひめうり》」という小さな瓜に顔を描いて遊ぶということがあったのであろうと思われる。

ずっと時代は下るけれど、曲亭馬琴《きょくていばきん》編、藍亭青藍《らんていせいらん》補『増補俳諧歳時記栞草《ぞうほはいかいさいじきしおりぐさ》』の「姫瓜」の項目に、つぎのように出ている。

〔和漢三才図会《わかんさんさいずえ》〕姫瓜は俗称。葉瓜、五六月、小く瓜を生ず。大さ二寸ばかり。円《まるく》して浅青色。味苦《にが》く食ふべからず。熟するときは稍《やうや》く黄、微《ちと》甘しといへども食ふに堪《たへ》ず。

〔雍州府志《ようしゅうふし》〕九条《くでう》の田間《でんかん》より出《い》づ。大さ梨のごとし。其《その》色、至《いたつ》て白し。故に姫を以てこれを称す。女児、この瓜を求《もとめ》て少し茎をとどめ、白粉《おしろい》を其面《そのおもて》に伝《ぬり》、墨を以て鬢《びん》・髪《かみ》・眉《まゆ》・口《くち》・鼻《はな》を画《ゑが》き、水引《みづひき》を以て其《その》茎を結び、提携《とりもち》て玩具《もてあそび》とす。

『和漢三才図会』は正徳《しょうとく》（一七一一〜一七一六）ころに寺島良安《てらしまりょうあん》の著した絵入り百科、『雍州府志』は貞享《じょうきょう》（一六八四〜一六八八）ころに黒川道祐《くろかわどうゆう》の著した京都の地誌である。

姫瓜というものは、結局苦くて食うに堪えぬもので、もっぱら女児の玩《もてあそ》びとして用いられたものらしく思われる。『雍州府志』の記述は、まことに周到なもので、姫瓜の表面に白粉《おしろい》を塗り、さらに墨で髪や目鼻などを描いてお人形のように遊んだらしい様子が窺《うかが》われる。時代こそ違うけれど、清少納言が見ているのも、おおかた同じようなことであったに違いない。あるいは、女の子のために、少納言が自ら手ずから瓜に可愛い顔など描いてやったこともあったのではあるまいか。

「ねず鳴き」は、口をとがらせ、前歯と舌先をつかってチュウチュウと音を立てることである。今でも、小鳥などを見ると、ついつい「ねず鳴き」をして、こちらへ呼び寄せようとするのは、人情の自然である。

## 子どものしぐさの愛くるしさ

その次の、塵《ちり》を発見してつまんでみせる子ども、こんなのは、自分で子どもを産み育てる経験がなくては、なかなか書けるものではない。その塵を、どうかすると、つい口に入れようとしたかもしれないし、「あらあら、だめよ、お口に入れちゃね」と言ってその塵を受け取ってほほ笑《え》む母親の顔まで想像される。

二つ三つというのは、むろん数《かぞ》えの年齢だから、今でいえば、満一歳から二歳頃までのころ、つまりはハイハイからようやく立って歩こうかという時分の、もっとも可愛いさかりの幼児である。

さらにそのつぎ、「あまそぎ」というのは、昔は女は長く髪を伸ばすのが当然であって、その長く黒い髪というのがまた、こよなき女の色気の源泉でもあった。そこで、夫に先立たれなどして、もう世を捨てて出家し、尼になると、その女性性の標識である黒髪をばっさりと切って、肩のあたりまでの長さにしてしまう。今のオカッパ頭というほどの姿であるが、それが「尼が髪を削《そ》いだ形」というわけで「あまそぎ」と言ったのである。往古《おうこ》は男女ともに、幼時そういう髪形をしていたものだが、ここはどうも女の子らしく思われる。

清少納言は、十六歳のときに橘則光《たちばなののりみつ》と結婚して、男の子を産み、二度目の夫藤原棟世《ふじわらのむねよ》との間に女の子を産んだ。この二度目の夫は、摂津守《せっつのかみ》に任ぜられた受領《ずりょう》階級の人、この娘は後に上東門院《じょうとうもんいん》（中宮彰子《ちゅうぐうしょうし》）に仕えて小馬命婦《こまのみょうぶ》と呼ばれた。ただし、棟世との結婚は、定子が崩御して清少納言が宮中を去っただろう前後のことと推定されているので、『枕草子』を書いたときに、その子がいたかどうかはわからない。

いずれにしても、彼女の子育ての経験が、ここらのところには濃厚に感じられて、いかにもなつかしい。

ここでは「あまそぎ」にした女の子が、その髪を掻《か》き上げもやらで、ちょっと首を傾げるようにして目のあたりに来る毛先を除けては、床に置いたものを夢中に眺めている、その様子の愛くるしさは、娘を持つ親は、みな思い当たるところがあるに違いない。

おほきにはあらぬ殿上童《てんじやうわらは》の、さうぞきたてられてありくもうつくし。をかしげなるちごの、あからさまにいだきて遊《あそ》ばしうつくしむほどに、かいつきて寝《ね》たる、いとらうたし。

——大柄でない男の子が、殿上童《てんじょうわらわ》となって、装束《しょうぞく》もりっぱに宮中を歩いている、これも可愛いものだ。また、姿のよい幼子を、ちょっと抱き上げて遊び可愛がっているうちに、抱きついてコトンと寝てしまった、そのときの様子の可愛らしいこと。

「殿上童」というのは、元服《げんぷく》前の少年で、しかるべき家柄のしかるべき容姿の者を選んで、宮中清涼殿《せいりょうでん》の殿上《てんじょう》の間《ま》に奉仕せしめるのを言う。だから、もともと容姿端麗な少年なのであるが、それがまたりっぱな装束をつけてシズシズと歩いていくのを見ると、これがなんともいえず可愛らしいのであろう。その少年の緊張した面《おも》ざしなども想像される。

その次の、抱いて遊んでいるうちに、コトンと寝てしまった子ども、なんてのは、これはもう母親として子育ての経験ある人ならでは書けないところ、ここを読むと、いかにも優しいお母さんであったろう少納言の面影《おもかげ》も彷彿《ほうふつ》として、なんだか涙ぐましい思いさえするのである。

ここの「うつくしむ」という動詞が、「うつくし」という形容詞と同じ気持ちを言うことはあきらかで、つまりは「慈《いつく》しむ気持ち＝うつくし」であると言ってよいのである。いっぽう、ここに出てくる「らうたし」という形容詞は、「うつくし」とちょっと似ているが、いくぶん用法が違う。おそらく「労（らう）甚（いた）し」というのから転訛《てんか》して出来たのが「らうたし」だろうと言われているが、これは平安朝から出現してくる、比較的新しい語彙であって、古い「うつくし」よりも、より限定的である。すなわち、「うつくし」は、愛する気持ちがあるものに対する比較的広い愛着の気持ちで、人間以外のものにも用い得るのに対して、「らうたし」のほうは、なんだか手をかけて可愛がってあげたくなるような気持ちであって、こちらは人間以外には用いない。

## 小さいものはみんなカワイイ！

雛《ひひな》の調度《てうど》。蓮《はちす》の浮葉《うきは》のいとちひさきを、池よりとりとりあげたる。葵《あふひ》のいとちひさき。なにもなにも、ちひさきものはみなうつくし。

――お人形遊びの家具調度、蓮《はす》の葉のごくごく小さいのが浮かんでいるのを、池から取り上げてみる。また葵《あおい》の葉でも萌《も》え出たばかりの小さい葉。どれもこれも、小さいものはみな可愛らしい。

この「雛《ひいな》遊びの調度」は、第三十段「すぎにしかた恋しきもの」というところにも出てくる。要するに、今のお人形遊びであって、そのもっとも典型的なのが、女の子の節《せっ》句《く》のお雛さまのお道具であった。

なにぶんお人形のお道具だから、どれもみなちまちまと小さくできていて、可愛らしいのである。

少納言にとっては、雛遊びの道具を見ると、自分の遠い少女時代もこもごも思い出されて懐かしいのであろう。

男はあまりこまごまとしたものには興味をそそられないけれど、女は、いくつになっても、小さなものに心惹《ひ》かれるところがあるらしい。

そこで、たとえば蓮の葉の芽やら、葵の若葉やら、小さくて精巧でやわやわとしたもの、その幼く小さいものに、少納言の心が揺れる様子が、このあたり手に取るように見える。

いみじうしろく肥《こ》えたるちごの二《ふた》つばかりなるが、二藍《ふたあゐ》のうすものなど、衣《きぬ》ながにてたすき結《ゆ》ひたるがはひ出《い》でたるも、また、みじかきが袖《そで》がちなる着《き》てありくも、みなうつくし。八《や》つ、九《ここの》つ、十《とを》ばかりなどの男児《をのこご》の、声《こゑ》はをさなげにてふみ読《よ》みたる、いとうつくし。

——ずいぶん色白でぷっくりと太った幼児、ちょうど二歳くらいだろうか、藍と紅とで染めた薄物の産着《うぶぎ》を着ていて、それが足先まですっかり覆うように長い。袖も長いけれど、それは襷《たすき》をかけてまくり上げてある、そんな姿の子どもが、這《は》い這《は》いして出てくるのも、また、小柄な子どもが、ちょっと大きな着物を着せられていて、袖ばっかり長い様子で、動き回っている、どれもみな可愛らしい。もう少し大きくなって、八つ、九つ、十、といったあたりだろうか、男の子が、まだまだ幼い声でいっぱしに漢籍《かんせき》などを朗読している、これも健気《けなげ》で可愛らしい。

こういう頑是《がんぜ》無《な》い子どもの様子は、いずれも少納言の育児体験を反映しているものと思われ、ねんじゅう子どもといっしょに暮らしている女親ならでは、観察し得ぬあわいである。本稿を読まれる女性読者の方々のなかでも、とくにお母さん経験のある向きは、さぞああわかるわかると膝をたたくところではあるまいか。

## 鶏のヒナ、瑠璃の壺も!

にはとりのひなの、足高《あしだか》に、しろうをかしげに、衣《きぬ》みじかなるさまして、ひよひよとかしがましう鳴《な》きて、人のしりさきに立《た》ちてありくもをかし。また親《おや》の、ともにつれてたちて走《はし》るも、みなうつくし。かりのこ。瑠璃《るり》の壺《つぼ》。

――鶏のヒナは、ずいぶん足が長く見える。羽色は白くきれいで、まるでつんつるてんの着物から脛《すね》が出ているみたいだ。それでピヨピヨとかしましく鳴きながら、人間の前に立ったり後をつけたりして動き回るのも可愛い。また、親鶏がヒヨコどもと連れ立って走っていくのも、みな可愛らしい。雁《かり》の卵、瑠璃の壺、そんなものも可愛い。

この一節は、いずれも人間以外のもので可愛らしいものを列挙している。ヒヨコは、親鶏にくらべると、たしかに足が長い感じがして、それを、ちょうど足が伸びて着物がつんつるてんになってきている年代の子どもになぞらえて面白がっているところらしい。ヒヨコは、親鶏でも人間でも、前に立って歩くものを追尾する習性があるところなど、これも少納言の実観察であろう。

ここで、「かりのこ」というのは、漢字を宛てれば「雁の子」で、卵のことを「子」と言う。今のタラコとかスジコとかいうのはそういう伝統に従っているわけである。ただし、じっさいには、家鴨の卵とか、ウズラの卵とか、そういうものも含んだらしい。小さくてつるりとした鳥の子は、いかにも可愛らしい感じがしたものであろう。

ところが、その次に「瑠璃の壺」と出てくるのだけは、ずいぶんと異質なものという感じがする。

同じ壺でも、焼き物の壺だったら大小さまざまだろうけれど、瑠璃の壺となると、どうしたって小さい壺に違いない。そこで、色美しく可愛らしい大きさの瑠璃の壺が、鳥の卵あたりからの連想で出てきたのである。そういえば、鳥の卵のなかには、瑠璃のように薄青い卵もある。そんな連想も働いているかもしれない。

こうして、「うつくし」という形容詞は、もともと恋しい気持ちから発して、それが可愛らしいというふうに展開していき、最後に、人間以外の壺などにまで応用されると、そこに「可愛らしい」以外の、つまり現代の「うつくしい」という語に通じる筋道が見えてくる。そしてまた、現代語でも「かわいい」という形容詞は「小さな」という意味に使うことが珍しくないというのも、こういう『枕草子』の記述と相照らすところがある。

さて、こうしてあれこれと可愛らしく愛すべきものを、周到に列挙してみせた後で、清少納言は、一転して、まるで別の表情を浮かべてみせる。次の第百五十二段がそれである。

## 今どきの母親ときたら

人ばへするもの　ことなることなき人の子の、さすがにかなしうしならはしたる。しはぶき。はづかしき人にものいはんとするに、先《さき》に立《た》つ。

――人前で調子に乗るもの。大したこともない身分の人の子どもで、それでも親が溺《でき》愛《あい》して甘やかした子どもなんてのはとかくお調子者でいけない。咳《せき》、これが不思議なことに、人前で咳き込むと困るなあというときに限って止まらなくなる。それも、どういうわけか、こっちがはずかしくなるようなりっぱな人の前でなにか話そうとすると、言葉は出ないで咳ばかり先に出る。

なるほど、その通り。さて、問題は、その次である。

あなたこなたに住《す》む人の子《こ》の四《よ》つ五《いつ》つなるは、あやにくだちて、ものとり散《ち》らしそこなふを、ひきはられ制《せい》せられて、心のままにもえあらぬが、親《おや》の来《き》たるに所得《ところえ》て、「あれ見《み》せよ、やや、はは」などひきゆるがすに、大人《おとな》どものいふとて、ふとも聞《き》き入《い》れねば、手《て》づからひきさがし出《い》でて見さわぐこそ、いとにくけれ。それを、「まな」ともとり隠《かく》さで、「さなせそ」「そこなふな」などばかり、うち笑《ゑ》みていふこそ、親《おや》もにくけれ。我はた、えはしたなうもいはで見《み》るこそ心もとなけれ。

——あっちこっちの隣り合った局《つぼね》に住む女房どもの子どもで四つか五つか、いずれいたずら盛りの子どもたちが、こっちの部屋にまで入り込んできて、あれこれ物を散らかしたり壊したりするのを、こっちも袖《そで》引っ張ったりして制しているから、そうそう好き勝手にもさせはしないのだが、そこへ、そういう悪ガキの親がやってきたりすると、さあ味方が現われたというわけで急に調子づいて、「ねえねえ、あれ見たいー、ねえ、お母さん」などと、母親の袖を引っ張って揺すったりする。けれども、そのお母さんたちは、大人同士のおしゃべりに夢中で、子どものことなどちっとも聞いていないから、子どもは自分であちこち探し回って引っ張り出しては、大騒ぎをしている、それはもう、見ててニクタラシイ。それを、今どきの母親どもときたら、「いけませんよっ」と取り上げて隠してしまうこともせず、「まあ、だめよ～」「こわさないのよ～」ってなことを口先で言うばかり、それも笑顔で生ぬるく言うんだから、効き目はない。そういうときは子どもだけでなくて、その親もニクタラシイ。といって、自分はというと、けっこういい顔してしまって、ピシャリと叱りつけることもできずに見ているわけで、そんなときは、どうも気が気でない。

はっはっは。これね、今どきの電車のなかで、騒ぐ子どもと、それを注意の一つもせず知らん顔でお母さん同士のおしゃべりに打ち興じている若い母親たち、それをにがにがしく思いながら、見ぬふりをしている年長者、なんて図式と少しも違わない。

ああ、昔も今も、人間の世の中は変わっちゃいないのだなあ、と、つくづく苦笑させられるというものである。ふふふふふ。

# 第10講

# 実家に恋人が来たときは

［第百七十八段、第百七十九段］

## 『古事談』の不思議な話

清少納言が死んでからおよそ二百年の後、源顕兼《みなもとのあきかね》の編《あ》んだ説話集『古事談《こじだん》』に、ちょっと不思議な話が出ている。ほかならぬ清少納言の老残の姿を目撃したという話である。巻二の第五十六話に曰く、

「清少納言零落《れいらく》の後《のち》、若き殿上人《てんじやうびと》、あまた同車《どうしや》して、彼《か》の宅《いへ》の前を渡れる間、宅の体《てい》破壊《くわい》したるを見て、少納言無下《むげ》にこそなりにけれと、車中に云ふを聞きて、もとより桟敷《さじき》に立ちたりけるが、簾《みす》を掻《か》き揚《あ》げ、鬼形《きぎやう》の如くの女法師、顔を指《さ》し出《いで》しと云々《うんぬん》。駿馬《しゆんめ》の骨をば買はずや、ありしと云々」

と。どうやら、清少納言は老後はすっかり落ちぶれて、とんだあばら家に逼塞《ひっそく》していたらしいという伝説があって、この話はそういう老残伝説の一つである。

なんでも、若い殿上人連中が、大勢で一つの牛車《ぎっしゃ》に同乗して、清少納言の家の前を通った

とき、あまりにもオンボロにぶっ壊れた家に住んでいるので、「あの少納言も、最低なことになってしまったなあ」と車中でうわさ話をしているのを、家の中にいた少納言は聞いていた。座敷に立っていた少納言は、簾《す》を掻き上げて、まるで鬼のような尼の顔をさし出して……「おまえたち、あの駿馬の骨を買ったという故事があるのを知らないのか」と言ったとか。

このオチのところは中国の『戦国策《せんごくさく》』を踏まえた故事であるが、それはまあここではどうでもよい。

いや、実際に清少納言がそのようなボロ家に住んでいたかどうか、それはわからない。が、ただそういう伝説があったことが、この記述で知れるということが、この場合大切なところなのだ。

『古事談』には、じつはもう一つ清少納言についての、とんでもない話が出ている。同じく巻二の第五十八話に、

「頼光朝臣《よりみつあそん》、四天王《してんのう》等を遣《つかは》して清監《せいかん》を打たしむる時、清少納言同宿《どうしゆく》にてありけるが、法師に似たるに依って之を殺さんと欲《ほっ》する間《あいだ》、尼の由云《よしきこ》えんとて、忽《たちま》ちに開《つび》を出《いだ》すと云々」

とある。簡単に言ってしまうと、清少納言には清監（清原致信《きよはらのむねのぶ》、大宰少監《だざいのしょうかん》だったので、そう

呼ばれた）と通称された兄があった。これが、どういうもめ事であったのかわからないのだが、源頼光に殺されたという事件があったと伝えるのである（正確にいうとこれは間違いで、史実は頼光の弟頼親《よりちか》の命《めい》によって殺害されたらしい）。

そのとき、たまたま妹の清少納言も同じ家にいたのだけれど、法師のような姿であったので、こいつもいっしょに殺してしまえというようなことになった。そこで、清少納言は、自分が女だということを知らしめるために、やおら着物の裾をまくって、股間《こかん》の女性器を開陳に及んだ、という、まあおそるべき伝承なのだ。

逆にいうと、股間をまくって見せでもせぬ限り、女だということがわからなかったというわけだろうから、これはまた、むちゃくちゃな書きようである。

問題は、どうしてまた彼女が、そんなにまで哀しい老残を噂されなくてはならなかったか、ということの一点である。

それについては、清少納言自身にも、すくなからず責任がある。というのは、『枕草子』第百七十八段に、次のように書いているからである。

## 老後の理想の住まい

女のひとりすむ所は、いたくあばれて築土《ついひぢ》などもまたからず、池《いけ》などある所も水草《みくさ》ゐ、庭《には》なども蓬《よもぎ》にしげりなどこそせねども、ところどころすなごの中より青《あを》き草《くさ》うち見え、さびしげなるこそあはれなれ。ものかしこげに、なだらかに修理《すり》して、門《かど》いたく固《かた》め、きはぎはしきは、いとうたてこそおぼゆれ。

――女が一人で住む場所は、ひどく荒れ果てて、土塀《どべい》などもあちこち崩れなどし、池があるとしても、水草がどろんと生えて濁《にご》り、庭なども、雑草に閉じられてこそいないけれど、ところどころ、砂地の中から青草がチョボチョボ生えているのが見える、というふうな寂しげなる家こそ、すこぶる感心すべきものである。反対に、いかにも偉そうぶってピカピカに手入れし、門などもどっしりと鍵を掛け、これ見よがしに目立つような住まいってのは、じつにどうも嫌《いや》な感じがする。

根っからの文人気質で、もともと質素な育ちをしつつ、しかしその実家は名だたる学問の名家で、父元輔は歌壇歌学の大巨匠、叔父の元真《もとざね》は源 順《みなもとのしたごう》や菅原文時《すがわらのふんとき》らと並んで、漢詩漢文学界の大立者《おおだてもの》であった。

こうした家に生まれ育って、十分に儒教的倫理観を身につけていた人だから、世の成金受《ず》領《りょう》連中などが泡銭《あぶくぜに》にまかせて豪奢《ごうしゃ》な生活を見せびらかすのを潔《いさぎよ》しとしなかったのであろう、少納言は自分の老後の住まいの理想として、この百七十八段のような粗末な家を描いてみせたのである。

いわば、彼女の清貧《せいひん》的隠遁《いんとん》生活へのあこがれともいうべきもので、ちょっと西行《さいぎょう》や長明《ちょうめい》や芭蕉《ばしょう》などの隠者的志向にも似たものをここに読むべきかもしれない。

が、これは頭のなかに想像している、まあ空想の隠遁生活で、まさかこの通りのあばら家に住んでいたとも思えないのだが、こんなことを書いた報《むく》いで、二百年後の人たちからは「鬼形のような尼」が股間を開陳して見せたなどと、まるで化け物のように言われてしまう結果を招いたのである。

じつはこの前の第百七十七段には、受領の身分のもので、成り上がって嫌味な豪邸に住んでいる連中をやっつけ、自分たちのような身分のものは、たとえば、「親や舅《しゅうと》の家に住むとか、あるいは伯父や兄などの人の家で、空き家になっているのを借りて住むとか、仲の良い受領友達で、目下任地に行っていて留守宅になってるのを留守番代わりに借りるとか、そうでもなかったら、女院《にょういん》や内親王《ないしんのう》というようなやんごとなきご身分の方で、たくさん家作《かさく》をお持ちの方の家を借りて住んでおいて、そうしてやがてちょっと良いお役目にでもありついたら、それからおもむろに適当な家屋敷を買い求めて住む、なんてのがよろしい」と言っているところから、引き続き想像を巡らして、自分はいっそ「清貧な女隠者」を夢想してみせた、といういわば文学的理想あるいは空想なのであって、これが彼女の実際の老後であったというわけではさらさらない。

こうして、清少納言は、家とそこに住む人、ということを思い続けていくうちに、また別の「家の話」を思いついて書き続けた。第百七十九段。

## ありし日の清原家の情景

宮仕《づかへ》人の里《さと》なども、親《おや》ども二人《ふたり》あるはいとよし。人しげく出《い》で入《い》り、奥《おく》のかたにあまた声々《こゑごゑ》さまざま聞《きこ》え、馬《むま》の音《おと》などして、いとさわがしきまであれど、とがもなし。されど、忍《しの》びてもあらはれても、おのづから「出《い》で給ひにけるをえしらで」とも、また、「いつかまゐり給ふ」などいひに、さしのぞき来《く》るもあり。

――宮仕えをしていて、ふだんは御殿に勤めている女房の実家なども、両親が揃っているのは、とても良いことだ。いろいろな人が年中出入りして、奥のほうではおおぜいの人たちの声があれやこれや賑《にぎ》やかに聞こえ、馬のいななきやひづめの音まで添うて、それはそれは騒がしいようだけれど、べつに気にもならない。

しかしながら、こっそりでもおおっぴらでも、どっちにしても男の人が訪ねてくると

なると話は別である。とかく、里下がりしているときには、

「お里下がりしておいでとは存じませんでしたなあ」

だの、また、

「御殿のほうへは、いつお戻りになりますか」

だの言いに、殿方がちょいと顔出しをするなんてことがありがちである。


こういうふうに書き出される「宮仕人の里」の情景は、すなわち清少納言自身の実家、清原家のありし日を回想したものであろうか。もう懐かしい父も亡く、帰ることのできない娘時分の自分を、そこに置いて追懐している、そんな感じがするところである。父母が揃っていて、家には活気があって、それは幸せだったなあ、とは思うのである。けれども、そういう家にあって不都合なこともあった、と、話は先に続いていく。

心かけたる人、はたいかがは。門《かど》あけなどするを、うたてさわがしうおほやうげに、夜中までなど思ひたるけしき、いとにくし。「大御門《おほみかど》はさしつや」など問《と》ふなれば、「いま。まだ人のおはすれば」などいふものの、なまふせがしげに思ひていらふるにも、「人出《い》で給ひな

ば、とくさせ。このごろ盗人《ぬす》いとおほかなり。火あやふし」などいひたるが、いとむつかしう、うち聞《き》く人だにあり。

――ましてや、好きな女がそこにいるとなったら、もちろん男たちはせっせとやってくるだろう。と、夜になって門を開けたりしてガタガタしていると、《いやだね騒がしくて》とか、《厚かましく夜中まで長《なが》っ尻《ちり》で》とか、そんなふうに親どもが嫌がっている様子があって、そういうときは親なんてニクタラシイ。しまいには、聞こえよがしの大声で、

「おいおい、正門の戸締まりはしたか」

などと召使いに尋ねている父親の声がする。すると、召使いの声で、

「これからいたします。なにぶん、どなたかお客人がまだおられますもんで……」

と答えているけれど、なにやら中途半端にお客の肩を持つようなつもりで、そんなことを言ってるらしい。そうすると、また父親の声で、

「それなら、そのお客人がお帰りになったら、すぐさま締めよ。どうもこのごろは泥棒が多くっていけない。火付けだって危ないもんだからな」

などと言っているのが聞こえるのは、とっても不愉快。お客さまにだって聞こえてしまうのに……。

娘のところへボーイフレンドが遊びに来ている、とそんな状況を考えてみると、なんだか、ここのところで清少納言が書いているあれこれは、今のことを書いているようにさえ見えてくる。

戸締まりを口実に、娘の部屋なるボーイフレンドを牽制しようとする声、原文には別に誰の声とも書いてないけれど、私にはどうしても父親の声のように思える。

日本の伝統では、恋の通い路には「関守《せきもり》」がいて、それはたいてい女の父や兄なのであった。娘のところへ通うことは別に禁じられていたというわけではないけれど、やはり、とかくに男たちは、その恋路を隔《へだ》てようとした。それゆえ「通い路の関守」というのである。

# 恋の関守

『伊勢物語』第五段に、

むかし、おとこ有《あ》りけり。東《ひんがし》の五条わたりにいと忍びていきけり。密《みそか》なる所なれば、門《かど》よりもえ入《い》らで、童《わらは》べの踏《ふ》みあけたる築地《ついひぢ》のくづれより通《かよ》ひけり。人しげくもあらねど、たびかさなりければ、あるじききつけて、その通《かよ》ひ路《ぢ》に、夜《よ》ごとに人をすへてまもらせければ、いけどもえ逢《あ》はで帰りけり。さてよめる。

人知れぬわが通《かよ》ひ路《ぢ》の関守《せきもり》は
よひよひごとにうちも寝《ね》ななん

とよめりければ、いといたう心やみけり。あるじゆるしてけり。
二条の后《きさき》に忍びてまいりけるを、世の聞《きこ》えありければ、兄人《せうと》たちのまもらせ給《たま》ひけるとぞ。

（岩波日本古典文学大系本による）

と見えているのなど、その一典型で、これは、

昔、男があった。東の五条のあたりに、たいそうこっそりと通っている女があった。秘密の恋なので、門から入ることはできず、子どもたちが踏みあけた土塀の崩れ目からこっそりと出入りした。人の出入りの多い邸でもなかったけれど、男があまりにたびたび通ったため、その家の主人が聞きつけて、それからは男の通り道に夜ごと寝ずの番を置いて見張らせたので、行ってはみたけれど、とうとう逢えずに帰ることになった。そこで、こんな歌を詠んだ。

誰も知らない俺の恋の通い路の番人の奴め
いつも宵になったら
ぐうっと寝てしまって欲しいもんだがなあ。

と、こんな歌を詠んでよこしたので、女はひどく気に病んでしまった。しょうがないので、この家の主人も通うのを許した。

これは後に二条の后《きさき》となった女のところへ、その娘時分に通っていたのを、世間に噂が立ったので、女の兄弟たちが見張らせたのだという話である。

というわけなのだが、まあこんな話は、じつは日本の恋物語では、ひとつの必修課程となっているといってもいいくらいである。そうして、そういう恋の関守の実際の様相をリアリズム的に描いたのが、この『枕草子』第百七十九段だとでも読んだら面白かろう。

なんだか、そこに男がいるのを、親として露骨に拒絶もできず、強く追い出しもせずにいて、しかし、なんとかかんとか、出て行けがしに戸締まりを叫んだりしているのが、どこかほほ笑《え》ましく、とはいえ、娘のほうとしてみれば、鬱陶《うっとう》しく疎《うと》ましくて腹が立つのである。

わかりますね、そういう気分！

だから、この直前のところに、両親の揃った実家は幸福な場所であるということを枕に置いてあるのは、まことに巧みな筆の運びかたである。つまり、その家の様子が幸福で賑やかである分、こんどはひそかにボーイフレンドに来てもらうには不都合で、なかなかままならぬ恋に胸を焦がした折もあったのであろう。

清少納言が中宮定子に仕えたのは、父元輔の没後であるから、少なくとも中宮のもとに出仕していた時分のこととして、こういう事情は想定できない。

けれども、それ以前の娘時分にも、清少納言は、藤原兼家《かねいえ》の邸の対《たい》の君（側室）に仕えていたらしいから、かれこれ、そういう時代の経験がこんなところにふと露頭しているものかと想像される。

そういうときに、後の夫の橘則光とか、さらには則光と離別後に恋仲であったと伝えられる藤原実方《さねかた》とか、あれこれの男が訪ねてくるということがあったとしても、まず不思議ではない。

この人の供《とも》なる者《もの》どもはわびぬにやあらん、この客《かく》いまや出《い》づると絶《た》えずさしのぞきてけしき見《み》る者《もの》どもをわらふべかめり。まねうちするを聞《き》かば、ましていかにきびしくいひとがめむ。いと色《いろ》にいでていはぬも、思ふ心なき人は、かならず来《き》などやはする。されど、すくよかなるは、「夜ふけぬ。御門《みかど》あやふかなり」などわらひて出《い》でぬるもあり。まことに心ざしことなる人は、「はや」などあまたたび遣《や》らはるれど、なほゐ明《あ》かせば、たびたび見ありくに、明《あ》けぬべきけしきを、いとめづらかに思ひて、「いみじう、御門《みかど》を今宵《こよひ》らいさうとあけひろげて」と聞《きこ》えごちて、あぢきなく暁《あかつき》にぞさすなるは、いかがはにくきを。親添《おやそ》ひぬる、なほさぞある。まいて、まことのならぬは、いかに思ふらむとさへつつまし。せうとの家《いへ》なども、けにくきはさぞあらむ。

——このお客さまのお供の者たちは、そんなこと言われてもへこたれるということがないのであろうか、《このお客、そろそろ帰る頃かな》と思って、しょっちゅう覗《のぞ》きに来ては様子を窺《うかが》っているうちの召使いどもを、却《かえ》って笑いものにしているらしい。「どなたかお客人がまだおられますもんで……」などと答えている召使いの声色《こわいろ》をしてみせたりしている。そうなると、うちの召使いたちだって不愉快だから、どんなに口やかましく相手を咎《とが》めだてするだろう。

そもそも、「恋しいから参りました」などと口に出しては言わなくたって、根っから恋心がなかったら、こんなふうにマメにやってくる男などいるものか。だからそういう男の方に対して、親たちがあまり失礼なのは、ほんとに嫌《いや》だけれど、でも、男のなかにも素直な心の方は、

「そりゃそうだ、こう夜更けになっては、御門の戸締まりが心配でしょうね」

などと笑いながら、素直に帰って行く場合もある。だけれども、ほんとうに恋心の切

実な人だったら、

「さあ、そろそろね……」

などと何度もお帰りを促《うなが》しても、なおそこに座ったまま夜明けまでお帰りにならない。そうすると、召使いどもが、たびたび見回りにやってきて、もう夜が明けてしまいそうな様子なのを、《こんなことはめったとあるまいになあ》と思って、

「ちぇっ、なんてこった。御門を、今夜はだらしなく開けっぴろげにしちまったぞ、とうとう」

などと、聞こえよがしに言う。そうして、にがにがしい様子で、暁《あかつき》になってから門に鍵を下ろしたりしている音が聞こえたりするのは、きっとさぞ憎らしい客だと思っているのであろう。

実の親の家だって、こんなことなんだから、まして、これが義理の親だとか、継親《ままおや》だったりしたら、親たちがなんと思うだろうと想像するだに気がとがめる。また兄の家だとしても、嫌がって邪魔立てするというのは、まあ同じことにちがいない。

と、こんなことを書いたあとに、こんどはがらっと変わって、なんだか爽《さわ》やかな、美しい

思い出を書きつけて、この章はしめくくられる。

## 貴族サロンの優雅な思い出

夜中暁《あかつき》ともなく、門《かど》もいと心かしこうももてなさず、なにの宮、内裏《うち》わたり、殿《との》ばらなる人々も出《い》であひなどして、格子《かうし》などもあげながら冬《ふゆ》の夜をゐ明《あ》かして、人の出《い》でぬるのちも見いだしたるこそをかしけれ。有明《ありあけ》などは、ましていとめでたし。笛《ふえ》など吹《ふ》きて出《い》でぬる名残《なごり》は、いそぎてもねられず、人のうへどもいひあはせて歌《うた》など語《かた》り聞《き》くままに、寝入《ねい》りぬるこそをかしけれ。

――夜中になっても暁になっても、門をさまで厳重に締めるということもなく、何とかの宮様方の女房だとか、内裏《だいり》勤めの御方だとか、しかるべき殿がただとか、みなどこかのお邸《やしき》に参り集まって、格子《こうし》の蔀《しとみ》戸《ど》なんかも閉めずに上げたままにしておき、長い冬の夜をゆるゆると物語などして過ごし、朝になって男の人たちが出ていってしまっても、そのあとをいつまでも見送ったりしているのは、気がねがなくてほんとに気持ちが良い。

明け方の空に月が出ている、などというのは、まことに申しぶんのない情景である。素敵な男の方が、帰りがけに笛など吹きすさびながら去っていったりすると、その心の名残のままに、女たちは、どうしてもすぐには寝られるものでない。そこで、みんなであの方この方の噂話などしながら、そういえば、そのときこんなお歌を詠まれたそうよ、などと語ったり聞いたりしながら、いつのまにか眠ってしまった、なんてのはほんとに気持ちの良い思い出である。

なんだか、その場に、自分も居合わせたかったなあと思わせてくれるような、平安朝の貴族サロンの雰囲気である。清少納言にとって、こういう空気こそは、理想の世界、いわば生きながらの極楽ともいうべきところがあったのにちがいなかろう。

さて、この笛を吹きながら帰っていった貴公子というのは、誰であろう。美男で知られた藤原実方《さねかた》であろうか、それとも清少納言にとって最大のアイドルだった藤原齊信《ただのぶ》その人でもあったろうか。想像はそれからそれへと広がって、しばし美しい夢を見せてくれるのである。

# 第11講

# 雪の夜にやってきた男とは

［第百八十一段、第八十三段］

## 雪の夕べ

第百八十一段というのは、さっと読むと、とくにどうということもない話のように見えるのだが、ところがどっこい、よくよく読んでみると、なかなかほのぼのとした味わいがあって、私の好きな一段である。

雪のいと高《たか》うはあらで、うすらかに降《ふ》りたるなどは、いとこそをかしけれ。

また、雪のいと高《たか》う降《ふ》りつもりたる夕暮《ゆふぐれ》より、端近《はしちか》う、おなじ心なる人二三人ばかり、火《ひ》桶《をけ》を中にすゑて物語などするほどに、暗《くら》うなりぬれど、こなたには火もともさぬに、おほかたの雪の光《ひかり》いとしろう見《み》えたるに、火箸《ひばし》して灰《はひ》など掻《か》きすさみて、あはれなるもをかしきもいひあはせたるこそをかしけれ。

――雪が深々と積もるのではなくて、うっすらと降ったときなど、それはそれで一興趣である。

またしかし、雪がこんもりと高く積もった、そういう日の夕暮れころから、御殿の端《はし》近《ぢか》のところに、気の合った女どうし二、三人で、火桶《ひおけ》を真ん中に置いて、あれこれとおしゃべりをしていた。だんだん日暮れて暗くなってくるのに、家のなかには明かりも灯さずにいる。でも、そういう雪の夕べには、雪明かりで、ほんのりと白くあたりの様子が見えて、そういうところで火箸で火桶の灰などをひっかき回したりなどしながら、しみじみとした話や、愉快な話、あれこれ口々に喋りあっているのは、ほんとうに面白い。

これも実景であったに違いない。

いつの世にも、婦人がたのおしゃべりは、人生の愉快の一つと見えて、それもおおかたは他愛のない、ゴシップ話などを語りあって時を消しているのであるが、これは、たいそう雪の積もっている夕べというのだから、なかなか大変である。なにしろ昔の御殿だから、硝子《ガラス》戸なんかあるはずもなく、その端近にいて雪明かりで喋っているということになると、今の雨戸《あまど》にあたるような蔀戸《しとみど》なども下ろさず、ただ外との仕切りは御簾《みす》が下がっているだけの、冷えきった板の間にいるわけである。

雪の宵の風などもさぞ寒いことであったろうけれど、そんなことものかは、ただ小さな火桶だけを真ん中に据えて、時の移るのも忘れてお喋りに打ち興じているという一景である。昔のひとは、よほど寒さには強かったのであろう。

と、その刹那《せつな》……。

## 突然の来客

宵《よひ》もや過《す》ぎぬらむと思ふほどに、沓《くつ》の音近《おとちか》う聞《きこ》ゆれば、あやしと見いだしたるに、時々かやうのをりに、おぼえなく見ゆる人なりけり。「今日《けふ》の雪《ゆき》を、いかにと思ひやりきこえながら、なでふ事にさはりて、その所にくらしつる」などいふ。「今日来《けふこ》ん」などやうのすぢをぞいふらむかし。昼《ひる》ありつることどもなどうちはじめて、よろづのことをいふ。円座《わらふだ》ばかりさし出《い》でたれど、片《かた》つかたの足《あし》は下《しも》ながらあるに、鐘《かね》の音《おと》なども聞《きこ》ゆるまで、内《うち》にも外《と》にも、このいふことはあかずぞおぼゆる。

あけぐれのほどに帰《かへ》るとて、「雪《ゆき》なにの山《やま》に満《み》てり」と誦《ず》したるは、いとをかしきものなり。女の限《かぎ》りしては、さもえゐ明《あ》かさざらましを、ただなるよりはをかしう、すきたるありさまなどいひあはせたり。


――そんなふうにして、そろそろ宵も過ぎたろうかと思う時分に、沓《くつ》の音が外から次第に近づいて聞こえてくる。はて、いったいこんな雪の夜に誰だろう、心当たりもないことだがと思って、外のほうを見やると、時々こういうときにばかり、前触れもなく姿を現わす人であった。その彼が、

「いやはや、今日のこの大雪、さぞご難儀なさっておいでであろうと、遥《はる》かに案じ申し上げなどいたしておりましたが、ちょっとあれこれ野暮用ってやつで、なかなかお見舞いにも参上できずに、こんな時間になってしまいました」

などという。

ははーん、これはてっきりあの、「山里は雪降りつみて道もなし今日来《こ》む人をあはれ

とは見む（この山深い里にこんなにも雪が降り積もっていて、もう道も見えないくらいだ。そういう困難を凌《しの》いで通って来た人があったら、さぞ感激してしまうことだろう）」という歌の心みたようなことを言ってるのであろうなあと見当がついた。

それから、昼のあいだにあったことやら、なにやかやと取り混ぜてお話をする。

突然のことで何のもてなしもできぬから、せめて藁《わら》の座布団ばかりを差し出したけれど、この人は、片方の足は下におろしたままの半身《はんみ》の姿勢で、ずっと私たちのおしゃべりにいつまでもつきあっている。そしてとうとう、どこかから暁《あかつき》の鐘の音が聞こえてくる時間になってしまった。

あまりにおしゃべりが面白くて、時の経《た》つのをすっかり忘れていたのだけれど、おそらくそう思っていたのは、御殿の内にいる私たちだけではなくて、外に腰掛けている彼のほうも同じことであったろう。

やがて暁闇《あかつきやみ》の時分になったので、もう帰ります、と言って「雪、ナントカの山に満てり」とか、朗々《ろうろう》と詠吟しながら、帰っていったのは、まあ、まことに心憎いばかりの仕方であった。

女だけだったら、こんなふうに面白く話題も尽きせぬままに夜が明けるなんてことも到底考えられないところで、ああいう男が加わると、ふつうの女のおしゃべりとはぐんとちがって、なんともいえず風流なことになるわねえ、などとみんなで口々に語りあった。

この「時々かやうのをりに、おぼえなく見ゆる人」というのが誰であったかは、これだけの記述からでは無論特定できない。

しかし、そこを強いて想像してみたいと思うのだ。

このところの行文《こうぶん》の「へソ」はどこかと言えば、この男の言い草を分析して、「ははーん、『今日来ん』という歌の心だな」と、清少納言が看破するくだりだ。

いやさ、そもそも、こういう大雪の日にわざわざやってくる男というのは、なんであろう。

たとえば、『落窪物語《おちくぼものがたり》』で、落窪の姫君を救出し、やがて無双の幸福へと導く、交野《かたの》の少将《しょう》こと藤原道頼《ふじわらのみちより》が、姫のことを噂に聞いて、さながら光源氏《ひかるげんじ》のような色好みの心から、いそいそと通って来る、というところがある。

そのそもそもの通い始めの日からして、雨がひどく降っていたが、それから三日の間、少将は毎日雨の中をわざわざ通って来たという設定になっている。

雨と雪とでは季節が違うけれど、男が女のもとへ通うという場合、朗々と皓月《こうげつ》の照らしている道をやって来るなんてのは、往時の恋の仕方としては野暮天であった。

望ましいのは闇夜、漆黒《しっこく》の闇のなかを通って来るのが気の利《き》いた寸法なのであって、しかも、雨とか雪とか嵐とか大風とか、そういう非常な艱難辛苦《かんなんしんく》を凌いで通って来るのこそ、色好みの男のマメなる行状《ぎょうじょう》というものであった。なにせそういう荒天を凌いで通って来てくれたという場合、その通って来られたほうの女の身として、なんと悦《よろこ》ばしいことであろうか。

ああ、この男は、私のために雪を掻《か》き分けて寒い辛い思いをものともせずに来てくれたんだわ、と思ったら、それだけで女心は動く……と色好みの男は踏むわけである。

# 色好みの男の「戦略」

ここで男が下心に含んでいた和歌「山里は雪降りつみて道もなし今日来む人をあはれとは見む」というのは、『拾遺和歌集《しゅういわかしゅう》』巻四、冬歌、に見える平 兼盛《たいらのかねもり》の詠で、「題知らず」とある。

ふつうはこれは雪のなかをわざわざ通って来る友があったら、その友情はいかにも尊い、というようなふうに解釈しているのだが、私は、やはりこういう詠みぶりの背後に、恋の心を読んでおきたいのだ。

この歌を、たとえば屏風歌《びようぶうた》（屏風の絵を見て、その情景をテーマに歌を詠みあう遊び）のようなものと想像してみると、雪踏み分けて女のもとへ通う男を描いた絵などを、まず想定してみる。

そうすると、この歌は俄然面白くなってくる。

「いま山里は雪が降り積もってどこが道ともわからない。そんな中を踏み分け掻き分けて通って来る方、そんなお方に、私はきっと心惹《ひ》かれるであろう」

友情よりも恋情のほうが強く人を動かすのである。

あるいはまた、『古今和歌集《こきんわかしゅう》』巻十四、恋歌四に、

あまのはら踏みとどろかし鳴る神も
おもふ仲をば裂くるものかは

という歌がある。

大意は「あの大空を踏み轟《とどろ》かして、ごろごろと鳴っている雷がどんなに脅かしたって、こうして思いあっている仲を裂くことなんかできるものか」。

この「よみ人知らず」の歌は民謡的なものかと思われるけれど、かかる歌は、たとえば雷鳴とどろく荒天を衝《つ》いて、文字通り命がけで女のところへ通って来た男の口から発せられたとき、もっともその効果を発揮するであろう。

なあ、俺はこんな恐ろしい雷のなかを、ものともせずに通って来た。どんな雷も嵐も、俺

たちの恋を引き裂くことなんかできないんだからな、とそんなことを憎からず思っている男から囁《ささや》かれたら、女は、どうしたって感激するに違いない。

そこが、つまり色好みの男の「戦略」なのだ。

あの有名な、藤原定家《ていか》の、

駒《こま》とめて袖うちはらふかげもなし
　さののわたりの雪の夕暮《ゆふぐれ》

という歌だって、大意は「駒を止めて、ちょっと袖の雪を振り払おうとするような木陰さえない。この佐野のあたりの雪の夕暮れは」ということだから、一見恋心なんか関係ないように見える。

けれども、よく考えてみると、この降りしきる雪の野を分けて、男はいったいどこへ行こうとしているのだろう。そりゃ、女のところへ通うのでなかったら、こんな思いまでして雪中行軍なんかするものか、というのは丸谷才一《まるやさいいち》さんの解釈だが、それはおそらく正しかろう。

『新古今和歌集』はかかる発想の歌の宝庫である。

ふりそむるけさだに人のまたれつる
み山の里の雪の夕暮　寂蓮《じゃくれん》

（降り始めた今朝から、もう早くも訪れてくる人が待たれる。この深い山里の雪の夕暮れともなると）

今日はもし君もや訪《と》ふとながむれど
まだ跡もなき庭の雪哉《かな》　俊成《しゅんぜい》

（今日は、もしや君が来てくれるかと思って物思いしつつ眺めているけれど、まだ足跡さえ見えない庭の雪よなあ）

まつ人のふもとの道はたえぬらん
軒《のき》ばの杉に雪をも（お）るなり　定家

（山奥ではさぞ来る人を待っている人がいるだろう。けれどもその麓の道はもう、雪に閉ざされてしまっているにちがいない。こうして目前の軒端の杉にさえ雪はみっしりと降り積もっているのだから）

まあ、こういう一連の歌の背後には、必ずやそういう雪を凌いで山奥まででも通ってゆくという恋の心意気が伏在していると読んでおきたいと思う。

そこで、こういう背景を、よくよく心にとどめておいてから、「今日の雪を、いかにと思ひやりきこえながら、なでふ事にさはりて、その所にくらしつる」というその男のセリフを按《あん》じてみるとよい。

すると、いかにも女の身を案じているかのように見せながら、その実、「俺はこんな大雪のなかを、おまえが心配で訪ねて来たんだよ、ほんとはもっと早くに来たかったけれど、いろんな用事で遅くなってしまってね」というような「殺し文句」を囁いていることが判明する。

注釈書によっては、このところを「この雪をどんなふうにごらんになっているかと思っておりましたが」などという風流ずくの解釈にしているものがあるが、それでは、その次に清少納言が「これは、『今日来ん』の歌を気取ってるな」と看破するところの面白みがなくなってしまう。

あくまでも男は、昔の物語に出てくる色好みを気取っていて、それでわざわざこんな大雪の日に、しかも暗くなってから、前触れもなしに通ってきたのである。

こんな洒落たことを考えるのは、『枕草子』に出てくる男どものなかでは、どうもあの清少納言が大好きだった齊信《ただのぶ》その人であるような気がしてならぬ……。

もっとも、藤原実方だって、藤原行成《ゆきなり》だって、そのくらいのことは考えついたかもしれないから、必ずしも齊信とばかりは決められない。

まあしかし、教養があって、姿が好《よ》くって、話のうまい男で、こんな洒落た真似をする色好みの男が、少納言の周りにはたしかに何人か居たのであろう。

さてしかし、こういうときに女たちは、男を軽々に局《つぼね》に上げたりはしなかった。

それどころか、一切の接待もしなかったとみえて、ただ円座《わらふだ》のみを差し出したとある。女たちは御簾《みす》の内側にいて、男のもとへ、そっと円座を差し出したのだろう。

すると、男もさるもの、ただその円座に腰をかけて、片足だけを縁の上にあげ、片足はぶらりと下におとした半身《はんみ》の姿勢で女たちと対峙《たいじ》したものである。

女たちは、御簾一重とはいいながら、室内で火桶を囲んでいる。

いっぽうの男は、室外で、火桶もなく、冷たく堅い円座に片腰をおろしただけの、寒々とした姿で、平気な顔して女たちのおしゃべりにつきあっているのである。色好みの道とは言いながら、なんと根気強い、しかも風流極まるしこなしであろう。

ここで、ふと思い出されるのは、第7講に引いておいた（138ページ）、第八十三段の次の部分である。

桜《さくら》の直衣《なほし》のいみじくはなばなと、裏《うら》のつやなど、えもいはずきよらなるに、葡萄染《えびぞめ》のいと濃《こ》き指貫《さしぬき》、藤《ふぢ》の折枝《をりえだ》おどろおどろしく織《お》りみだりて、くれなゐの色、打《う》ち目《め》など、かがやくばかりぞ見《み》ゆる。しろき、薄色《うすいろ》など、下《した》にあまたかさなり、せばき縁《えん》に、かたつかたは下《しも》ながら、すこし簾《す》のもとちかうよりゐ給へるぞ、まことに絵《ゑ》にかき、物語のめでたきことにいひたる、これにこそはとぞ見えたる。

——桜がさねの衣をまことに華やかに召され、裏から映って見える色などもなんともいえない清らかな美しさ、そこに海老茶《えびちゃ》の濃い色の指貫《さしぬき》を穿《は》き、その生地には藤の折り枝を豪華に織り出して、砧《きぬた》で打って出した艶《つや》が輝くばかり。袖口からは下着の白や薄紫など、あれこれ重ねて着ているのが見える。その華やかな出で立ちで、狭い縁の上に半身《はんみ》になって座り、片足は地面に下《お》ろしつつ、体は少し簾《す》のところへ近寄せて座っておられる、その御様子は、もうまったく絵に描いたよう、物語にうるわしく書かれた美男のありさまこそ、ああ、まったくこういうのだったろうなあと思わせてくれる美しさであった。

ここには、梅の花の盛りに姿を現わした齊信が描写されているのであるが、実はこの引用部分の直前には、こう書かれていたのである。

局《つぼね》は、引《ひ》きもやあけ給はんと、心ときめきわづらはしければ、梅壺《つぼ》の東《ひむがしおもて》面、半蔀《はじとみ》あげて、「ここに」といへば、めでたくてぞあゆみ出で給へる。

――自分の局にまで上げたりすると、とかくガラッと戸を引き開けて入ってこられないものでもないから、そうなると、心がどきどきして煩わしいと思って、梅壺の東面のところの半蔀を開けて、「ここにどうぞ」と言うと、まことにほれぼれとするようなお姿であゆみ出てこられた。

色好みの典型のようなしこなしといい、半身に座って根気よく女たちの相手をするマメさといい、どうもこの百八十一段の「予期せぬ男」と共通する風情を感じるのは、はたして私だけであろうか。

## 暁闇《あかつきやみ》に余情《よせい》残す美しい声

ともあれ、この男は、寒い寒い雪の夜中じゅう、吹きさらしの縁側のようなところで、機《き》嫌《げん》よく女たちのおしゃべりにつきあい通した。そうして、やがて暁の鐘がどこからか響いてきた。

暁は、女のもとへ通って来た男が帰って行く刻限である。色好みの男としては、まさに発《た》ち時となったのだ。

「あけぐれ」は、「暁暮」で、要するに暁闇のことである。朝が間近になった、もっとも夜深い時分、それが「あけぐれ」であるが、そのときに男は、定石《じょうせき》どおり席を立っていずこかへ帰っていった。

ただし、ただは帰らない。

その姿が闇に溶けて消えていくのを計算しつつ、「雪、ナントカの山に満てり」という漢詩を朗吟しながら去ったというのである。なんと、心憎いやりかたではないか。

この場合に、もし朗詠が下手くそであったり、声が悪かったりしては様《さま》にならぬ。やはりここは、美声で朗吟の名手であったればこそ、女たちのこころに無限の余情が残置せられたと見なくては面白くない。

だからこそ、あとに残された清少納言たちは、「私たち女ばかりだったら、こんなに面白い一時は過ごせなかったわねえ」と、大喜びをしたのである。

これも既述第百三十五段の叙述、「果《は》てて、酒飲《さけの》み、詩誦《しず》しなどするに、頭《とう》の中将齊信《ただのぶ》の君の、『月秋《つきあき》と期《き》して身《み》いづくか』といふことをうちいだし給へりし、はたいみじうめでたし」という辺りが、ふと思い合わされる。

この「月秋云々」というのは、『和漢朗詠集《わかんろうえいしゆう》』下巻、「懐旧」のところに出ている、

金谷《きんこく》に花《はな》に酔《ゑ》うし地《ち》　花春毎《はなはるごと》に匂《にほ》うて主帰《しゆかへ》らず

南楼《なんろう》に月《つき》を嘲《あざけ》つし人《ひと》　月秋《つきあき》と期《ご》して身何《みいづ》ちにか去《い》んじ

という菅三品《かんさんぼん》（菅原文時《すがわらのふんとき》）の願文《がんもん》の句であった。

齊信は、無双の美男で、また頗《すこぶ》る美声で朗詠の名手であったことを思い起こしてほしい。おそらく、この「雪、ナントカの山に満てり」という一句も、按《あん》ずるに『和漢朗詠集』上巻、「雪」の条下に出ている、

暁《あかつき》　梁王《りやうわう》の苑《その》に入《い》れば　雪群山《ゆきぐんざん》に満《み》てり
夜庾公《よるゆうこう》が楼《ろう》に登《のぼ》れば　月千里《つきせんり》に明《あき》らかなり

という漢詩句の一部と想像される。

かくて、意外なところで、心憎い登場のしかたをし、女たちにただならぬ人気があって、美しく片足をおろした姿で腰掛け、色好みらしく根気があってマメで、また美声で漢詩句を朗詠する……となると、どうもこれは齊信その人ではなかったかなあ、と私は、やっぱり想像せずにはいられないのである。

# 第12講

# こんなにウブなときもあった……（その一）

［第百八十四段］

## 初めて伺候《しこう》したときのこと

清少納言は、いかにも訳知《わけし》りオバサン的な、宮中のスペシャリスト、という感じに受け取っている人が多いと思うのだが、そして事実、多くの章段では、無類の博覧強記《はくらんきょうき》と、向こうッ気の強さと、臨機応変の叡知《えいち》と、けっこう色好みの闊達自在《かったつじざい》な精神と、女学校の先生的な口うるささと、母性愛的な優しさと、それらをないまぜにしたスーパー女房ぶりが読んで取れるのだけれど、いやいや、そんな彼女にも、まるで嘘のようにウブなる時代があった、というところをここでは読んでみることにしようと思うのである。

第百八十四段、前講に読んだ第百八十一段と、心の中でどこか繫《つな》がったようなところのある一章である。

宮にはじめてまゐりたるころ、もののはづかしきことの数知《かずし》らず、涙《なみだ》も落《お》ちぬべければ、夜々《よるよる》まゐりて、三尺の御几帳《みきちやう》のうしろにさぶらふに、絵《ゑ》などとり出《い》でて見《み》せさせ給ふを、手にてもえさし出《い》づまじうわりなし。「これは、とあり、かかり。それが、かれが」などのたまはす。高坏《たかつき》にまゐらせたる御殿油《おんとなぶら》なれば、髪《かみ》の筋《すぢ》なども、なかなか昼《ひる》よりも顕証《けそう》にみえてまばゆけれど、念《ねん》じて見などす。いとつめたきころなれば、さし出《い》でさせ給へる御手《おんて》のはつかに見《み》ゆるが、いみじうにほひたる薄紅梅《うすこうばい》なるは、かぎりなくめでたしと、見知《みし》らぬ里《さと》人心地《びとここち》には、かかる人こそは世におはしましけれと、おどろかるるまでぞまもりまゐらする。

――中宮さまの御殿（登花殿《とうかでん》）に初めて伺候《しこう》するようになった時分のこと、思い出してみれば、なにもかも、恥ずかしい恥ずかしいということばかりで、ただもう泣きたくなるような按配《あんばい》だったので、昼間などはとてもとても恥ずかしくて伺《うかが》えないから、毎日暗くなってから夜だけ参上して、中宮さまのお側《そば》に立ててある高さ三尺の御几帳《みきちよう》（美しい織物をかけた衝立《ついたて》）のうしろにそっと控えていたものだった。

そうすると、中宮さまは、私の気を引き立てようとされるのか、あれこれ御手元の絵などを取り出されて、私にお見せくださる。

けれども、私のほうはもう恐れ入っているばかりで、絵などはもちろん、仮に得意とする書のことなんかだったとしても、差し出たことはなにも申し上げられないような気持ちで、ただただ困惑していた。

そういうとき、中宮さまは、

「これはね、こうなの。で、こんなことなのですよ。それから、そっちはかくかくのこと、あれはしかじかのことでね」

などと、優しく説明してくださる。

夜といっても、ものがよく見えるようにと、高坏灯台《たかつきとうだい》とて背の低い照明器具（高坏という足の高い杯《さかずき》を裏返しにしてその糸底の中に油を入れて盆に置き、火を灯《とも》す。普通の灯台にくらべて背が低いので手許が明るく照らされる）に油火を灯されているので、それが私の顔までも明るく照らすことにもなり、これでは髪の毛の一本一本まではっきり見えてしまうから、なまじっか夜に来たところで、昼より却《かえ》って恥ずかしさがまさり、思わず顔を背《そむ》けたくなるような気持ちがしたけれど、そこをぐっと我慢して、その絵などを拝見していたものだった。

その明かりのもと、折しもずいぶん寒いころだったので、中宮さまがお話しになるときに、お袖《そで》から少しだけ差し出されるそのお手の、指先がちらりと見えると、その指先に、とっても美しい薄紅梅の色がさしていて、ああきれい、かぎりなくすばらしいわと、私のような御殿に慣れない新参者の心には思われて、こんな人が世の中にはいるもんなんだなあと、もう心が自然にびっくりして引きつけられ、ついついじっと見つめてしまうのだった。

## 中宮定子の優しい心づかい

清少納言が、この中宮定子、すなわち関白藤原道隆の息女で、大納言藤原伊周《これちか》の妹に当たる方のもとに出仕するようになったのが、じっさいにいつであったかということには、むかしから諸説紛々としていて、いまだに決定的なことがわかっていない。

が、まあしかし、ここではそれが正暦《しょうりゃく》二年か三年か四年（九九一～九九三年）か、というような詮索《せんさく》はひとまず脇に置いておくことにして、ただ彼女が、二十代の終わりころに、初めて宮中に上がることになり、それが、ともかくえらく寒い時季のことであったということを理解しておけば、それでよい。

おそらく、清少納言は、その実家清原家の学者的血筋と、また彼女自身たいへんに学があって聡明であるという評判の故に召し抱えられることになったのであろう。

事実、前講の第百八十一段のところでも、その漢詩文の素養を披瀝《ひれき》している挿話があったし、そのほかの章段でも、しきりと漢詩文の素養が窺《うかが》われる記述が見える。

しかも、たぶん、少納言という人は、とりわけ筆跡の鑑定というような方面に特別の眼識を備えていたのであろうということが定説になっている。

この一節の「手にてもえさし出づまじう」という一句を、どう解釈するかというところもまた、古来学者によって解釈がまちまちなところなのだが、本稿では、萩谷朴《はぎたにぼく》氏の解釈を援用しつつ、上記のように訳してみたのである。

ここは「手もえさし出づまじう」とする本があって、それだとよく文意が通じる。つまり、そういう本文を採用するなら、ここは「(中宮さまがいろいろと見せてくださったけれど)手さえ差し出すことができないくらい」恥ずかしくて困惑していた、というふうに簡単に読むことができる。

そうして事実そのように解釈する注釈が多いのだけれど、それはどうしても本書の本文を改めなくてはならないということになるので、文献学的な立場からすると、できればそれは避けたいのである。

そこで、「手にても」という本文のままで、どう読めるかと考えてみたのが、上記の訳文である。

萩谷氏は、ここを、「清少納言は筆跡の鑑識に才能があったので、その得意な『筆跡であっても』の意で、『にて』が用いられている。まして不得意な絵画であるから、口出しするどころか当惑しきっている新参当時の姿である。和歌・筆跡・絵画・音楽それぞれの才によって召し出された女房を、出仕当初にその才能を試そうとするのは、主君側の当然の気持ちである。むしろ、筆跡でなく絵画を出されたのは、中宮の心遣いである」と解釈される。

まあ、実際に口頭試問《こうとうしもん》的な意味でわざわざ絵を出されたかどうかはわからないけれど、しかし、書の鑑定を得意とする、芸術的才能のある女房の清少納言に、中宮が、自分の愛好する分野である絵を見せていろいろと興味深いことを教えてくれている、という一場面と読んでおくことに特段の不都合は感じられない。

どっちにしても、それは中宮が、清少納言の心をほぐそうとして、芸術的な対話を試みたというわけなのだろうから、つまりは、そんな形でいつも少納言にお心を掛け、また引き立ててもくださろうという、中宮の優しく思いやり深いお心なのであろう。

いずれにしても、このところでの清少納言の、あまりにも恥ずかしがっているばかりの様子には、なにやらほほ笑《え》ましいものすら感じられるのだが、それだけ、つまり清少納言という人も、清原家の令嬢として慎み深く育てられたという少女時代を送りながら、しかし、いっぽうで、宮中にお仕えするというようなことが、まったく夢のようなことであったという、身分的な落差を感じていたことが、こういう記述からは痛いほど感じられる。

ここに見える清少納言の、なんとウブなことか、そして自分自身の容貌に、相当の劣等感を持っていた人らしいこと、それらをまずはよく記憶に留めておけばよろしいのである。

清少納言という人は、筆跡の鑑定に才能をもっていたというだけでなく、おそらく絵も相当にわかる人だったのかも知れない。彼女の文章には、すこぶる絵画的な観察力が発揮されていることは、これまたすでによく指摘されるところである。

このところでも、中宮さまの指先が袖口からちょっとだけ覗《のぞ》いているのを目ざとく観察して、寒さのためにその指先が薄紅く染まっている様子を見逃さない。

私は、このところの描写は、中宮という人の上品で繊細なイメージを見事に表わしているなあと感じる。

若い女性の指先の美しさは、まるで儚《はかな》い花びらのように繊弱《あえか》で、その微妙な色合い、絹のようにすべらかな肌の風合いなど、このわずかの描写が喚起するイメージはすばらしいものがある。

暁《あかつき》にはとく下《お》りなんといそがるる。「葛城《かつらぎ》の神もしばし」など仰《おほ》せらるるを、いかでかはすぢかひ御覧《ごらん》ぜられんとて、なほ伏《ふ》したれば、御格子《みかうし》もまゐらず。女官《にようくわん》どもまゐりて、「これ、はなたせ給へ」などいふを聞《き》きて、女房《にようばう》のはなつを、「まな」と仰《おほ》せらるれば、わらひて帰《かへ》りぬ。

——そうこうするうちに、暁にもなると、まもなく夜が明けてしまうから、ともかく明るくならないうちに、早く御前から退出したいと心急ぎを感じる。すると中宮さまは、

「あの夜だけ働いたという葛城《かつらぎ》の神さまだって、もう少しゆっくりされていたのではありませんか」

なんて冗談をおっしゃって、引き止められる。

しかたなく、もう少し留まっていると、やがて外が明るくなり始めたけれど、私は、ただもう顔を見られるのが恥ずかしさに、じっとうつ伏せになって控えているばかり、格子《こうし》の蔀戸《しとみど》を開《あ》けに立つこともせずにいた。

それは、この薄明るい中を立っていって戸なんか開けたら、私のみっともない顔を斜め下から中宮さまに見上げられてしまうかもしれないと思って、そんなことはもってのほかだと恥じていたからにほかならなかった。

そうこうするうちに、お掃除などをする女官たちが外の廂《ひさし》の間《ま》にやってきて、まだ蔀戸《しとみど》が閉まったままになっているのを見ては、

「すみませんが、この戸の掛け金を内側から外してくださいませんか」

などと言っているのが聞こえる。それを聞いて、他の女房が、立って掛け金を外しに行こうとすると、中宮さまは、

「あ、外してはダメ」

と、制止された。

私が恥ずかしがっているのを慮《おもんぱか》って、そんなふうに庇《かば》ってくださったのだ。その

中宮さまの御声を聞いて、外の女官たちは、笑いながら立ち去っていった。

こういう記述を一読すると、なにやら中宮のほうが年長の﨟長《ろうた》けた女性で、少納言はウブな小娘、みたいな感じに読めるのだが、事実はその正反対で、中宮はまだ十五歳かそこらのあどけない少女であり、少納言はもう大年増の二十代末、子どももいるバツイチのオバサンなのだから、ちょっと不思議な気がする。

つまりそれだけ、中宮という人の匂い立つような高貴さと、流露する豊かな知性と、まるで絵に描いたような美しく聡明《そうめい》なお姫さまぶりとに、少納言はひたすら圧倒されていたのであったろう。

ものなど問《と》はせ給ひ、のたまはするに、ひさしうなりぬれば、「下《お》りまほしうなりにたらむ。さらば、はや。夜《よ》さりはとく」と仰《おほ》せらる。

ゐざりかへるにやおそきとあげちらしたるに、雪降《ゆきふ》りにけり。登花殿《とうくわでん》の御前《おまへ》は立蔀《たてじとみ》ちかくてせばし。雪《ゆき》いとをかし。

――中宮さまは、何彼《なにかに》のことをご下問になったり、またみずからお話しなさったり、そんなことをしているうちにずいぶん時間が経《た》ってしまったので、

「そろそろ、もう退出したくなったのでしょう？　それではね、もうお帰りなさい。でもまた夜になったら、できるだけ早くお出でなさいね」

と、こう優しくおっしゃった。

私は、膝でにじり歩くようにしてそっと御前を下がったが、御几帳《みきちょう》のお側《そば》を離れるや否《いな》や、他の女房たちが、急ぎ立ってバタバタと蔀戸《しとみど》を開けてしまった。……振り返って見ると、ああ雪！　外は一面に雪が積もっているのだった。

御殿のこの辺りは、立ててある蔀戸《しとみど》がすぐ近くにあって狭いところなので、その蔀を開ければ、すぐそこに雪のお庭が見える。雪は、ほんとうに美しい。

まったく、本書は、べつに学術論文ではないので、できるだけ学説による解釈の相違というような難しいことには踏み込まないでおきたいと思うのだけれど、どうもこの章については、あちこちと意味の通じにくいところがあったり、本によってその表現が違っていたり、文章の脱落らしいところがあったりして、なかなかそこを避けて通るのが難しい。

ここでも、「ひさしうなりぬれば」というのは、底本では「ひさうなりぬれば」とあって、それを同じ系統の別の本の本文を照合することによって「ひさしう」の誤記ではなかろうかとして校訂したのが古典大系本の本文なのだが、といって、萩谷氏は、「ひさう」のままでも解釈ができるとして、これを「非常《ひざう》」の意味だと解し、いつまでも蔀を開けないままでいるのが、中宮のおましどころとしてはあまりにも異常な状態になってしまった、そういう時間になったので、と、そのように解釈している。

ただ、私は、誰がどう筆写しても、かならず誤写というものは生じるので、ここなどは「ひさしう」のほうが文意がすらりと通るところだし、あえて古典大系の校訂に従うことにした。

## あこがれと劣等感

昼《ひる》つかた、「今日《けふ》はなほまゐれ。雪《ゆき》にくもりてあらはにもあるまじ」など、度々召《たびたびめ》せば、この局《つぼね》の主《あるじ》も、「見《み》ぐるし。さのみやはこもりたらんとする。あへなきまで御前《おまへ》ゆるされたるは、さ思《おぼ》しめすやうこそあらめ。思ふにたがふはにくきものぞ」と、ただいそがしにいだしたつれば、あれにもあらぬ心地《ここち》すれど、まゐるぞいと苦《くる》しき。火焼屋《ひたきや》のうへに降《ふ》りつみたるもめづらしうをかし。

御前《おまへ》ちかくは、例《れい》の炭櫃《すびつ》に火こちたくおこして、それにはわざと人もゐず。上臈《じやうらふ》御まかなひにさぶらひ給ひけるままに、ちかうゐ給へり。沈《ぢん》の御火桶《おんひをけ》の梨絵《なしゑ》したるにおはします。次《つぎ》の間《ま》に長炭櫃《ながすびつ》にひまなくゐたる人々、唐衣《からぎぬ》こき垂《た》れたるほどなど、馴《な》れやすらかなるを見《み》るも、いとうらやまし。御文《おんふみ》とりつぎ、たちゐ、いきちがふさまなどのつつましげならず、ものいひ、笑《ゑ》わらふ。いつの世にか、さやうにまじらひならむと思《おも》ふさへぞつつましき。奥《あう》寄《よ》りて三四人さしつどひて絵《ゑ》など見るもあめり。

――やがて昼になるころ、

「きょうは昼間からおいでなさい。いずれ雪曇りで薄暗いから、あらわに見えることもありますまい」

など仰せで、何度もお召しがかかる。私がそれでもグズグズしていると、この部屋の

主任の女房が、

「あのね、そうグズグズしてるのはみっともないですよ。あなたって方はどういうつもりで、そんなに引っ込み思案なんでしょう。考えてもごらんなさい。そもそも夜間にお仕えするというのは、よほど経験を積まないとなかなかお許しのないのが慣例なのに、あなたばかりは、あっけないほど簡単にそのお許しが出たってのは、きっと特別の思し召しが中宮さまにおありなのですよ。せっかく、そうやって御目をかけてくださって特別待遇をしていただけるのに、そんなふうにグズグズいって御意《ぎょい》に従わないでいるのは、中宮さまだってきっとお快くお思いにならないにちがいないわ」

と、そう教訓され、ともかく急いで参上するようにと部屋を出されたので、ああ、こんな真《ま》っ昼間《ぴるま》にと、身《み》も世《よ》もあらぬ思いで、参上したのは、それはもう困惑を極めた思いだった。

けれどもその参上の途中、御殿の警護官たちが火を焚いている衛視《えいし》小屋の上にも真っ白に雪が積もっているのを見たのは、珍しくて、趣《おもむきふか》深い光景であった。

中宮さまの御前《おまえ》近く、いつも通りに炭櫃《すびつ》にたくさんの炭火が熾《おこ》してあるけれど、そこには誰もいない。

お側仕《そばづか》えの上臈《じょうろう》たちは、ちょうどご昼食の後片づけなどのお世話に忙しいと見えて、中宮さまは、食事を終えられてすぐに私のいるほうにお出でになった。そうして、沈香《じんこう》の木で作って金梨子地《きんなしじ》の蒔絵《まきえ》を施した手焙《てあぶ》りに当たられながら、お話しをされる。

向こうの次の間には、長い火鉢にずらっと並んで火に当たっている女房たちが見えたが、みな唐衣《からぎぬ》をざっくりと緩《ゆる》やかに着こなして、いかにも物慣れた寛《くつろ》いだ様子なので、そんなのを見ると、私は羨《うらや》ましくてしかたがなかった。

女房たちは、あれこれのお手紙を取り次いだりして、立ったり座ったり、あちこち行ったり来たりとする様子は、いかにも我が物顔で遠慮もなにもなく、平気で口をきき、笑ったりもする。

ああ、いつになったら、私もあんなふうに自由に立ち居振る舞うお仲間に入れてもらえるだろうと思うのさえ、なんだか劣等感に苛《さいな》まれた。

むこうの奥のほうには、三、四人集まって、なにか絵などを見ている人たちもあるように見えた。

## 屈託の中で書き留められた『枕草子』

こうして、宮中に参内した清少納言は、なみなみならぬ劣等感にひたすら内攻《ないこう》しながら、そのあこがれの宮中生活を開始したのであった。

物語に歌にと描かれて想像していた、夢の世界、宮中は、新参者の清少納言にとっては、最初はこんなふうに手も足もでない別世界であった。

そんななかにも、先輩の女房たちは、まるで自分の家にでもいるように、リラックスして平気な様子を見せる。誰でも思い出す節があると思うのだが、たとえばあこがれの名門校に、やっと入学を許されて嬉しい反面、どこかぎこちない劣等感につきまとわれ、さるなかにも先輩たちは闊達自在に先生たちと話し、笑いさざめいたりしているのを見て、羨ましさと自己の卑下《ひげ》とに心を揺さぶられた、そんな思いをしたことのある人は決して少ない数ではあるまい。いわばこのところに描かれた清少納言は、そうしたウブな新入生だったと読めば、これまたわが事に引きつめて味わうことができる。

そうして、そういう窮屈で思い屈《くっ》した日々のなかで、中宮定子という人のすばらしさ、お姿の天女のような美しさと、さらに加えてそのお人柄の優しさ、教養の高さなど、それこそが清少納言にとって最大の慰安であり、同時に憧憬《しょうけい》でもあったのである。

この段はさらに続き、ここから先が、いよいよその佳境に入るのだが、それは次講に書くことにしよう。

ともあれ、こういうふうに宮中の諸事情に無知で、そのことを恥じる思いがあったればこそ、彼女は、なんでもかんでも細大漏《さいだいも》らさずいろいろなことを書き留めてもおき、またしっかりと記銘して止まなかったのであろう。

やがて『枕草子』という作品に結実する、その根底のところに、かかる心の屈託があったのだろうということは、ちょっと覚えておいてよいことである。

# 第13講

# こんなにウブなときもあった……（その二）

［第百八十四段］

# 関白家の御曹司、伊周

さて、第百八十四段の後半を読み進めよう。

しばしありて、前駆《さき》たかう追《お》ふ声《こゑ》すれば、「殿まゐらせ給ふなり」とて、散《ち》りたるものとりやりなどするに、いかでおりなんと思《おも》へど、さらにえふとも身《み》じろかねば、いますこし奥《おく》にひき入《い》りて、さすがにゆかしきなめり、御几帳《みきちやう》のほころびよりはつかに見入《みい》れたり。大納言殿《どの》のまゐり給へるなりけり。御直衣《なほし》、指貫《さしぬき》の紫《むらさき》の色《いろ》、雪《ゆき》にはえていみじうをかし。柱《はしら》もとにゐ給ひて、「昨日今日《けふ》、物忌《ものいみ》に侍りつれど、雪のいたくふり侍りつれば、おぼつかなさになん」と申し給ふ。「道《みち》もなしと思《おも》ひつるに、いかで」とぞ御いらへある。うちわらひ給ひて、「あはれともや御覧《ごらん》ずるとて」などのたまふ、御ありさまども、これよりなにごとかはまさらん。物語《ものがたり》にいみじう口《くち》にまかせていひたるにたがはざめりとおぼゆ。

――それからしばらくして、「おーっ、しししーっ」という声が聞こえてくる。どなたか高貴の方のご入来《じゅらい》の前払《さきばら》いの声だ。「すわ、関白道隆《みちたか》さまがお出《い》でになった」というので、そこらへんに取り散らかしたものを慌てて片づけなどしている。私は、いかになんでも関白さまに見られては大変と思って、なんとして早くこの場から退出したものだろうかと思うのだけれど、どういうものか緊張して思うように体が動かない。しかたないので、もう少しだけ奥のほうに引っ込んで目立たないようにしようと思うけれど、そうはいってもやっぱり、これが好奇心というのであろうか、御几帳《みきちょう》にかけてある絹の隙間から、ちょっとだけ覗いて見たのだった。

すると、お出でになったのは関白さまではなくて、その御子息、中宮さまの兄君に当たる、大納言伊周《これちか》さまが参上なさったのであった。そのお姿はといえば、直衣《のうし》（上着）も指貫《さしぬき》も紫色、その色が真っ白な雪に映えて、なんともいえない風情である。伊周さまは廂《ひさし》の間《ま》の柱あたりに倚《よ》りかかられて、

「昨日も今日も、じつは私、物忌《ものいみ》の日に当たっておりましたけれど、こんなに雪がひどく降ったので、中宮さまがどうしておられるかと案じられましてね」

と、こう申し上げる。すると、中宮さまが、

「この雪では、さぞあの『道もなし』というようなことではないかと思っておりましたけれど……ここへはどうやってお出でになられまして？」

とお応えになる。

「はっはっは、されば、その雪を分けて参りました私を、その歌の通い人のようにしみじみと思いやってくださるかと思いましてね」

伊周さまは、愉快そうに笑いながら、こんなことを仰有《おつしや》った。そのやりとりの御様子ときたら、もうこれ以上すばらしいことは有り得ない、……例の、物語などに、あれやこれやと口任せに書かれていることと寸分違わないように見えるなあ、とつくづく感じ入った。

ここに、いよいよこの章のもう一方の主人公、関白道隆の子息伊周が登場してくる。

伊周はこの時分、二十歳くらいであったはずで、今を時めく関白家の御曹司、中宮の兄という貴公子だから、少納言にとっては、まさに「白馬の王子様」というような、まぶしい存在であった。

中宮の言葉「道もなしと思ひつるに」というのは、すでに第11講の第百八十一段にも出てきた歌で、『拾遺和歌集』巻四、冬歌、平兼盛の、

　山里は雪降りつみて道もなし
　　今日来む人をあはれとは見む

というのを踏まえて言っているわけである。

つまりは、第百八十一段で、この歌のことを書きつけた清少納言が、そういえば、この歌についてはこんなエピソードもあったわ、と連想して書いたのが、この段であったろうかと思われる。

ともあれ、こういうふうに名歌の一句だけを口にして、当然それだけですべてがツーカーとわかるのでなくては、宮廷のサロンでは通用しない。

この歌は、「いま山里は雪が降り積もってどこが道ともわからない。そんな中を踏み分け掻き分けて通って来る方、そんなお方には、しみじみと心惹かれることであろう」というほどの意味で、表面上は友情の歌のように見えるけれど、そのじつ、本質的には恋の歌らしい

読みぶりであること、前に書いたとおりである。

中宮が「道もなし」と言っただけで、伊周にはたちどころにその心が了解される。そこで、俺はその「今日来む人」なんだから、きっと「あはれ」と思ってくださると期待しましてね、というのが伊周の返答で、そういう色恋めかしたことを、実の妹に向かって、笑いながら言ったというのだから、むろんこのやりとりは、気の置けない二人の間に交わされた文学的な冗談なのである。

冗談、なのではあるけれど、まったく作り物語の恋の一場面かと思うような、洒落た、雅やかな応酬で、その風雅を極めた空気に、少納言は、ああ、ああ、これこそ絵に描いたような理想世界そのものだわ、と果てしなく感動してしまったというわけである。

想像してみてほしい。伊周は、希世《きせい》の美青年であった。それが上品な紫ずくめの衣を着て、真っ白な雪景色を背景に座っているのだ。そして、それに向かい合っているのは、これまた絶世の美女、若く貴《あて》やかな中宮定子その人である。とりわけて絵画的な美や文学的な風雅に敏感な清少納言が、まるで絵巻物のような現実にポーッとなってしまったのも、無理はないというものである。

かくて、清少納言の筆は、いつのまにかその「作り物語」の世界を描き出すように、中宮の御殿の様子を描写していくのである。

## 夢のような宮廷サロン

宮は、しろき御衣《おんぞ》どもにくれなゐの唐綾《からあや》をぞ上《うへ》にたてまつりたる。御髪《みぐし》のかからせ給へるなど、絵《ゑ》にかきたるをこそかかることは見《み》しに、うつつにはまだ知《し》らぬを、夢《ゆめ》の心地《ここち》ぞする。女房《にようばう》と物《もの》いひ、たはぶれごとなどし給ふ。御いらへを、いささかはづかしとも思《おも》ひたらず聞《きこ》え返《かへ》し、そら言などのたまふは、あらがひ論《ろん》じなどきこゆるは、目《め》もあやに、あさましきまであいなう、おもてぞあかむや。御くだ物まゐりなどとりはやして、御前《おまへ》にもまゐらせ給ふ。

——中宮さまは、白い下着の上に紅《くれない》の唐渡《からわた》りの綾《あや》織りをお召しになっている。長く艶《つや》めいた黒髪は肩から背にすらりとかかっておいでで、そのお姿のめでたいこと、絵物語でこそ見たことがあっても、現実にはいまだ見たこともない美しさ、さながら夢を見ているようだった。

伊周さまは、平気なご様子でそこらの女房たちと口をきかれ、さかんに冗談を飛ばされる。すると、言われた女房たちも、まるでずけずけと恥ずかしげもなく軽口をたたいて返す。そうかと思うと、伊周さまが、いい加減なでたらめを口から出任《でまか》せに仰有《おつしや》るのには、遠慮なく抗弁してなにやら申し上げる、その闊達自在《かつたつじざい》なありさまは、見ている私としては、なんだか目もくらむ心地がして、おどろき呆れ、訳もなく上気してしまったくらいのすばらしさだった。

そうこうしながら、伊周さまは、出された果物を召し上がりつつ、たくみに座持ちをなされ、抜け目なく中宮さまにも果物を差し上げたりなさる。

中宮定子と、その後ろ盾になっている関白道隆一家を中心として、まるで極楽世界に大輪の花が咲き満ちているような、明るい、朗《ほが》らかな、そして風雅を極めた宮廷の佇《たたず》まいと空気が、ここには余蘊《ようん》なく描き出されているが、新参者の清少納言にとってそこはまだ、おずおずと垣間見《かいまみ》るだけの「別世界」なのだった。

しかし、そうやって物陰から「垣間見」しているだけの、シャイな清少納言であったればこそ、冗談好き、また女好きの伊周の注意を惹かずにはおられなかったのである。『源氏物語』を見てもわかるように、色好みの貴公子たちにとっては、どこかに珍しい女はいないかと、それはいつも最大の関心事であったに違いないのだから。

されば、妹中宮のところに新参の、清少納言という女房は、なかなか一廉《ひとかど》の学問を持った女であるらしい、と噂に聞いて、伊周はきっと興味津々でその女房に思いをかけていたのであったろう。

とうとう、清少納言の一番恐れていた展開になってゆくのである。

## 悪ふざけ

「御帳《みちやう》のうしろなるは誰《たれ》ぞ」と問《と》ひ給ふなるべし。さかすにこそはあらめ、立《た》ちておはするを、なほほかへにやと思《おも》ふに、いと近《ちか》うゐ給ひて、ものなどのたまふ。まだまゐらざりしより聞《き》きおき給ひけることなど、「まことにや、さありし」などのたまふに、御几帳《みきちやう》へだてて、よそに見やりたてまつりつるだにはづかしかりつるに、いとあさましう、さしむかひきこえたる心地《ここち》、うつつともおぼえず。行幸《みゆき》など見《み》るをり、車《くるま》のかたにいささかも見おこせ給へば、下簾《したすだれ》ひきふたぎて、透影《すきかげ》もやと扇《あふぎ》をさしかくすに、なほいとわが心ながらもおほけなく、いかで立《た》ちいでしにかと汗《あせ》あえていみじきには、なにごとをかはいらへもきこえむ。

かしこき陰《かげ》とささげたる扇《あふぎ》をさへとり給へるに、ふりかくべき髪《かみ》のおぼえさへあやしからんと思《おも》ふに、すべて、さるけしきもこそは見《み》ゆらめ。とく立《た》ち給はなんと思へど、扇《あふぎ》を手《て》まさぐりにして、絵《ゑ》のこと、「誰《た》がかかせたるぞ」などのたまひて、とみにも賜《たま》はねば、袖《そで》をおしあててうつぶしゐたり、裳《も》・唐衣《からぎぬ》にしろいものうつりて、まだらならんかし。

ひさしくゐ給へるを、心《こころ》なう、苦《くる》しと思ひたらんと心得《こころえ》させ給へるにや、「これ見《み》給へ。これは誰《た》が手《て》ぞ」と聞《きこ》えさせ給ふを、「賜《たま》はりて見《み》侍らむ」と申し給《たま》ふを、なほ、「ここへ」とのたまはす。「人をとらへて立《た》て侍らぬなり」とのたまふも、いといまめかしく、身のほどにあはず、かたはらいたし。人の草仮名《さうがな》書きたる草子《さうし》など、とりいでて御覧《ごらん》ず。「誰《たれ》がにかあらん。かれに見せさせ給《たま》へ。それぞ世《よ》にある人の手《て》はみな見知《みし》りて侍らん」など、ただいらへさせんと、あやしきことどもをのたまふ。

――「おや、その御几帳《みきちょう》のうしろに隠れてるのは、誰かねえ」

なんだか、伊周さまが、誰かにお訊ねになっているみたいだ。どうやら、誰かお側にいる女房が、面白がって私のことをいいそそのかしたのかもしれない、起《た》って私のほうへ歩み寄って来られる気配がする。でも、もしかして他の人のところへ来られるのかもしれないと思っていると、ああ、万事休す、私の真ん前にどっかりとお座りになって、なんだかんだと話しかけられる。どうやら、私のことはいろいろな噂で御存じらしい、参内《さんだい》する以前からあれこれと聞き知っておられたことなどを、話題にされて、

「ほんとうかな、そんなことがあったの?」

などとお訊ねになる。私のほうは、御几帳を隔てての垣間見《かいまみ》だけだって恥ずかしい心持ちなのに、ましてて、こんなに呆れるほど近々と差し向かいでお話を申し上げている気分といったら、それはもうとてもとても現実とは思えない。

思えば、宮仕えに上がる以前、この伊周さまなどはまったく雲の上のお方で、たとえば、行幸《ぎょうこう》のお行列などを見物に出かけた折、お行列に供奉《ぐぶ》なさっている伊周さまが、

たまさか、私の乗った牛車《ぎっしゃ》のほうをチラッと御覧になったことがある。あ、こちらを御覧になった、と思うと、万一こんな姿を見られたら大変だから車の内簾《うちすだれ》をしっかりと下ろして、それでも御簾《みす》越しに透けて見えるかも、と心配なので、扇で顔を隠したりしながら、お姿を拝見したものだったが……伊周さまというのは、つまりそういうお方だったのだ。それなのに、現在のこの近々とした接しようというものは、我が心ながら、まことに畏《おそ》れ多いことと思うにつけて、いったいなんだってまた身の程も弁《わきま》えずこんな宮仕えなんかに上がったのだろうかと、もう冷や汗でびっしょりになっていたくらいだもの、何を仰有《おっしゃ》られても、お答え申し上げるどころではなかった。

せめて、最後の頼みの綱と思って必死に扇で顔を隠していると、伊周さまは、ふいっとその扇を取りあげておしまいになる。かくなる上は、髪の毛で顔を覆ってしまおうとしても、こんな艶《つや》もなく貧しい、見苦しい髪ではなあ、と思うにつけても、かかるオタオタとした様子は、すべて伊周さまにはお見通しであったと思うのだ。

ああ、もう一刻も早く向こうへ行ってくださらないかしらと、思っているのに、お人の悪い伊周さまは、私から取りあげた扇を手でまさぐるようにして、その扇絵について、

「この絵は、いったい誰の趣味でこういうふうに描かせたのかな」

などと仰有《おつしや》ってはじろじろ御覧になっていて、ちっとも返してくださらない。きっとそうやって、私の絵の趣味などを吟味しておられるに違いない。私は、どうにもしかたなく、ただひたすら袖に顔を押し当ててうつ伏していたから、思えば、裳《も》（スカートに当たる）にも唐衣《からぎぬ》（上着）にも、白粉《おしろい》がこすれ付いてしまって、私の顔はもうみっともなくマダラになってしまっていたことであろう。

あまりに意地悪く伊周さまが、私のところにいつまでもいらっしゃるのを見るに見かねてのことであったろうか、中宮さまが、

「兄上さま、ちょっとこれを御覧になって。これは誰の筆でございましょうか」

と呼び返してくださる。けれども伊周さまは、いっこうに立ち上がる気配もなく、

「どれどれ、じゃ、ちょっとこちらへ頂戴しましょうか。拝見しますので」

なんて言って澄ましている。中宮さまは、強《し》いて、

「まあ、そう仰有《おつしや》らずに、こちらへお出でになって」

と仰有る。すると、なんとしたことか、

「いや、行きたいのは山々でございますが、この女房殿が私を離してくれないんですよ」

なんて根も葉もないとんでもないことを口にされる。いくらなんでも、若い人が相手ならいざ知らず、私のような姥桜《うばざくら》を相手にこんな悪ふざけはまったく不似合いで、脇で見ている方々だって、きっと見苦しいとお思いになったであろう。

その中宮さまのお示しになった御本は、誰かが漢字の草書にも似た仮名で書かれたものであったので、伊周さまは、

「ああ、これは誰の筆跡でしょうかねえ。こういうのはその清少納言に鑑定させたらいかがでしょう。この者は、世間に名の通っているほどの書き手の筆跡はみな見知っていることでございましょうから」

などなど、もうひたすら私に答えさせようとの一心で、納得できないようなことばかり仰せになるのだった。

## 無類の冗談好き、伊周と道隆

こういう情景を想像すると、伊周という人は、むろん色好みであったには違いないが、また一方で、ちょっと意地悪なくらい、悪ふざけが好きだったお人柄と見える。

もともと、伊周らの父親、関白道隆という人が、非常に悪ふざけや冗談の好きな人であったことは、たとえば第百四段「淑景舎《しげいさ》、東宮《とうぐう》にまゐり給ふほどのことなど」のあたりに典型的に表われている。

この段は、中宮の妹君の淑景舎の君（東宮の正室）が、中宮の御殿登花殿《とうかでん》にやってきたときの回想記で、道隆、その室の貴子《きし》、さらに、大納言伊周、弟の三位《さんみ》の中将隆家《たかいえ》、さらに伊周の長男松君《まつぎみ》、また伊周らの異腹の兄、山《やま》の井《い》の大納言道頼などなど、関白家の方々が、みな相集《あいつど》うて、花々とした一家団欒《だんらん》の様を繰り広げ、そこにまた一条《いちじょう》天皇までが衣擦《きぬず》れの音もさやかに出御《しゅつぎょ》なって、昼間から定子を御褥《おしとね》に召されたりもする、いかにも平安絵巻風の華やかな一章であるが、この団欒のときもまた清少納言は、屏風の陰に隠れて、一部始終を垣《かい》間見《まみ》していたのであった。

ところが、その隠れていた屏風を配膳掛が取りかたづけてしまったために、姿を道隆に見られてしまう。そのときに、道隆は何と言ったか。

「やあやあ、あいつめは、俺の古い馴染みでなあ、いろいろ内輪のことも知ってる奴だから、見られては恥ずかしいことだな。さぞ、関白殿はブスな娘ばかり持ってることだなあ、と呆れてるんだろうよ、なあ」

などと、したり顔で言ったとある。これは、清少納言が昔、道隆の父兼家《かねいえ》の側室である対《たい》の御方《おんかた》の邸に勤めていたことがあって、その対の御方と道隆は密通していたという事実があるので、そのことを、もしや清少納言に知られてはいまいかということを危惧して、かえってこんな露悪的なことを言ったのではないかとも解釈されている。いずれにしても、中宮、淑景舎の姉妹がいかに美形を極めた姫たちであったかを縷々《るる》描写したあとに、こういう冗談が出てくるのだ。これはもう悪ふざけというべき口吻《こうふん》であろう。

また、中宮らに昼食の御膳が運ばれてきたのを見て、こんどはこんなことも言う。

「ありゃありゃ、羨ましいのう、あっちの方々にはなんか美味しそうなものが出たみたいだが、はやく食べ終わって、そしたら、この哀れなジイサンとバアサンにも、お下がりをくださいましよ」

と。さぞ一座は哄笑《こうしょう》に包まれたことであろう。このようなことを例示しつつ「日一日《ひとひ》、ただざるがうことをのみし給ふほどに」と書かれている。「さるがうこと」つまりは「猿楽言」は、まるで物真似の滑稽役者どもが口早に諧謔《かいぎゃく》を弄《ろう》する様にも似た、戯《ざ》れ言《ごと》を言うのである。

そうして、道隆は、帰り際に至るも冗談ばかり言い続けたようで、この段は「道の程も、殿の御さるがうごとにいみじうわらひて、ほとほと打橋《うちはし》よりも落ちぬべし」と締めくくられている。みんながゲラゲラと笑い転げて、すんでのところで、打ち渡した橋から落っこちそうになったというのである。

## 関白道隆一家の隆盛、一場の夢

こういう関白道隆一家の隆昌は、しかし、長くは続かなかった。道隆がやがて世を去ると、権勢は、道隆の弟道長《みちなが》の手に移り、伊周に至っては、謀叛《むほん》の心ありとの讒《ざん》に遭《お》うて流謫《るたく》の憂《う》き目をさえ見たのであった。

かくては果てしないあこがれの対象であった中宮定子も没落を免れることはできなかった。

こうして、ここに描かれているような道隆一家の朗らかな隆盛ぶりは、あたかも邯鄲一炊《かんたんいっすい》の夢のように、儚《はかな》くも崩れ去った。

『枕草子』の追懐談は、その没落した後に書かれたものであった。

さればこれらの行文を、心を潜《ひそ》めて読んでみると、少納言の心の中に、もう今は失われてしまった、かつての輝かしい中宮の御殿の生活が、ウブだった自分への懐かしさとともに、果てしない憧憬《しょうけい》を以て追憶されていることが、惻々《そくそく》として胸に迫ってくるのである。
この段は、この先もう少し続くのであるが、今はここまで、ということにしておこう。

第14講

# 男好きなる女のココロ

［第百九十一段、第二百六十八段］

## きぬぎぬの文を書く姿

『枕草子』には、時に、まるで上等の小説の一場面とも見えるような、なかなかに情緒纏綿《じょうしょてんめん》たる小話《しょうわ》が、さりげなく現われてくる。

たとえば、第8講でもちょっと引いた（160ページ）、第百九十一段。

これなどは、女として、その女らしい視線で見た男の魅力が、しみじみと見事に描き取られている。

私は、この段を愛好することひとかたならず、『枕草子』のなかでも白眉《はくび》というべき一段ではなかろうかと密かに思っているので、ここでは、もう一度じっくりと読み返してみたいと思うのである。

すきずきしくてひとり住《ず》みする人の、夜《よる》はいづくにかありつらん、暁《あかつき》に帰りて、やがて起《お》きたる、ねぶたげなるけしきなれど、硯《すずり》とりよせて墨《すみ》こまやかにおしすりて、ことなしびに筆《ふで》にまかせてなどはあらず、心とどめて書《か》く、まひろげ姿《すがた》もをかしう見《み》ゆ。

しろき衣《きぬ》どものうへに、山吹《やまぶき》・紅《くれなゐ》などぞ着《き》たる。しろき単《ひとへ》のいたうしぼみたるを、うちまもりつつ書《か》きはてて、前《まへ》なる人にもとらせず、わざと立《た》ちて、小舎人童《こどねりわらは》、つきづきしき随身《ずいじん》など近《ちか》う呼《よ》びよせて、ささめきとらせて、往《い》ぬるのちもひさしうながめて、経などのさるべきところどころ、しのびやかに口《くち》ずさびに読《よ》みゐたるに、奥《おく》のかたに御粥《おかゆ》・手水《てうず》などしてそのかせば、あゆみ入《い》りても、文机《ふづくゑ》におしかかりて書《ふみ》などをぞ見《み》る。おもしろかりける所は高《たか》ううち誦《ず》したるも、いとをかし。

手洗《てあら》ひて、直衣《なほし》ばかりうち着《き》て、六の巻《まき》そらに読《よ》む、まことにたふときほどに、近《ちか》き所なるべし、ありつる使《つかひ》うちけしきばめば、ふと読《よ》みさして、返《かへ》りごとに心移《うつ》すこそ、罪得《つみう》らんとをかしけれ。

――色好みで、あちこちとたくさんの恋人がいるけれど、でも独り住まいをしている男が、さて昨夜はどこで過ごしたのであろうか、夜明け前に帰ってきて、ちょっとだけ寝てすぐに起き、なにやら眠そうにしながら、硯《すずり》を持ってこさせて、墨《すみ》を丁寧に磨《す》っている。それで、さらさらと書き流すなんて様子ではなくて、一語一句、心を込めて念入りにきぬぎぬの文を書く。そのくつろいだ姿も、とても素敵に見える。

白い衣を重ねたうえに、山吹襲《やまぶきがさね》（表は薄朽葉色《うすくちばいろ》、裏は黄色）の直衣《のうし》や、紅の袙《あこめ》（上着と下着の間に着る衣）など、素敵な色の衣を着けているのだが、その白い単衣《ひとえ》が帰るさに草の露に濡れたのでもあろうか、ひどくクシャクシャになっているのを気にしながら、その文を書き終え、でもすぐお側仕《そばづか》えの女房には渡さず、わざわざ立っていって、小舎人《こどねり》童《わらわ》やこういう使いに物慣れた随身《ずいじん》などを近く呼び寄せて、手紙を手渡しながら、なにやらひそひそと耳打ちしている。それからその使いの者が去って行ったあとも、ながいこと物思いにふけっていて、お経のあちこちを小さな声でうち誦《ず》したりしている。するとそこへ、奥のほうから、お粥などを差し上げたり、手水《ちょうず》をお使いくださいとお勧めしたりするので、そろりと部屋に入るけれど、そこでもまた文机に倚りかかって書物などを見ている。そのなかでも面白い詩や歌などは、声に出して朗詠したりもするのも、まことにほれぼれとする様子である。

やがて手を洗って、普段着の直衣だけの姿になって、法華経《ほけきょう》の六の巻をそらに誦経《ずきょう》してみたり、その様子はなかなか尊い、と思っていた。ところが、夜べ《よ》の女はすぐ近所に住んでいると見えて、使いの者があっという間に帰ってくると、法華経はちょっと脇に置いて、さっそく使いの者が持参した女からの返事に心を移すなど、まったく、法華経をそんなに疎略《そりやく》に扱ったら、さぞ罰当たりであろうと、ふと可笑《おか》しくなった。

## こんな男は素敵だなあ

「しろき単のいたうしぼみたるを、うちまもりつつ」という文言にはまったく違う解釈があって、北村季吟の『春曙抄』などは、この「ひとへ」を一重咲きの花と解し、前栽《せんざい》のあたりに、何であろう、卯《う》の花か、夕顔か、何にてもあれ白い花が、もう朝露に濡れてすっかり萎《しぼ》んでしまっているということだと解釈するのである。そうすると、男は恋文を書きながら、物思わしげに、目前の庭に萎んだ白い花を見やりつつ、その花の名などを歌に詠み込んだ文を書いているところ、とそんなふうに読める。そのほうが、なにやら趣深いが、といって、上記の口語訳のごとく、白い衣と解釈するときはまた別の風情である。すなわち、その衣が涙に濡れたとか、帰るさの道の露と涙で乾く間もないとか、いずれ殺し文句のような歌を案じているところ、と解釈しなくては、こういうのは面白くない。

さていったい、この男は誰なのであろう。これだけでは到底特定できそうもないが、おそらくは、若いころに女房として仕えていた先などで見聞きしたことの回想であろうか。いずれにしても、清少納言自身とは色恋的な関わりがなく、しかし、物陰で一部始終を観察できるような立場にある貴人で、さらには、いかにも色好みの典型のような素敵な相貌と教養と人情を備え、どこか憎めないところのある愛すべき男、という書き方である。

とかく、清少納言は、物陰からよく男のありさまを観察する記事を書いているが、まさにその垣間見《かいまみ》の大家の面目躍如という感じがするのが、この一段である。

この、まるで映画の一シーンを見るような、見事な描写を、私は心ゆくまで楽しむのであるが、ここには、女の清少納言から見た、「望ましい色好みの男」が微笑裡に描かれているわけである。

この好色沙汰の翌朝の、きぬぎぬの文を書くところの描写などを読むときに、そこには、何らの非難がましい気分はなく、ああ、こんな男は素敵だなあと、ほほ笑《え》ましく傍観し、あるいはあこがれさえ感じているという気分が漂っている。

もともと、色好みが悪いことだとは、彼女をふくめて平安時代の女たちは誰も思っていなかった。いや、もしかすると、現代の女たちだって、「ちょいワル」男なんてのを誉めそやすところを見ると、やっぱりカッコイイ色好み、粋《いき》な好色男ってのは、決して嫌《いや》ではないのであろう。

女たちは、自分の好きな男が自分だけを見ていてくれることを望みながら、いっぽうで、その男が誰が見ても素敵で女心を惑わせるような魅力に満ちているということも望んでいる。しかしそれは、男も女も同じこと、要するに誰が見てもいい男・いい女を、自分だけの思いものにしておきたい、という、この矛盾した願望のなかに、恋という魔物は住んでいるのである。

ところが、それだからとて、彼女が、すべての好色男を良いと思っていたわけではなかった。

そこには、やはり男女間の心のすれ違いというものが常に介在して、清少納言とて、こういうのは許せないという男の行動があったことも事実である。

結局のところ、男と女は、どうやら違う種類の生き物らしく、たがいに理解に苦しむところがあるのは是非もない。そういう、「男と女の間には、深くて暗い川がある。誰も渡れぬ川なれど、エンヤコラ今夜も舟を出す」と、そのかみ野坂昭如《のさかあきゆき》の大人《うし》が歌いわたったような現実は、平安の昔も令和の今も、少しも変わるところがなかった。

第二百六十八段に、そういう、女から見た男心の不条理をば、清少納言はピシリとやっつけている。

## 男の心は不条理

男《をとこ》こそ、なほいとありがたくあやしき心地《ここち》したるものはあれ。いときよげなる人を捨《す》てて、にくげなる人を持《も》たるもあやしかし。おほやけ所に入《い》りたちする男《をとこ》、家《いへ》の子《こ》などは、あるがなかによからんをこそは、選《え》りて思《おも》ひ給はめ。およぶまじからむ際《きは》をだに、めでたしと思《おも》はんを、死《し》ぬばかりも思ひかかれかし。人のむすめ、まだ見《み》ぬ人などをも、よしと聞《き》くをこそは、いかでとも思ふなれ。かつ女の目《め》にもわろしと思《おも》ふを思《おも》ふは、いかなる事にかあらん。
かたちいとよく、心もをかしき人の、手《て》もよう書《か》き、歌《うた》もあはれに詠《よ》みて、うらみおこせなどするを、返りごとはさかしらにうちするものから、よりつかず、らうたげにうちなげきてゐたるを、見捨《みす》てていきなどするは、あさましう、おほやけ腹立《ばらた》ちて、見証《けんそ》の心地《ここち》も心《こころ》憂《う》く見《み》ゆべけれど、身のうへにては、つゆ心ぐるしさを思ひ知《し》らぬよ。

——もう、ともかくこの男ってものほど、世にも奇妙な、なにやらわけのわからない生き物はない。とてもすっきりと美しげな人を捨てて、さっぱり風采《ふうさい》の上がらない女を持ち物にしているなんてのは、なんとしても理解しがたい。しかるべき身分があって、宮中にも出入りするような男、それからその家来衆などは、選《よ》り取《ど》り見取《みど》りの女たちの中から、それこそ選びに選んで懸想《けそう》したり妻にしたりするのであろう。それならいっそ、手の届かないような高嶺《たかね》の花であろうとも、ああすばらしいなあと思うような御方に思いを懸けて、死ぬほど思い焦がれでもしていたらいい。そういう男たちは、誰それの令嬢に素敵なのがいるとか、あるいはまだ誰も見たことがない深窓《しんそう》の麗人《れいじん》だとか、良い女だと噂に聞いたなら、よしそいつをなんとかして我が物にしたい、などと思うのであろう。その上でなお、私たち女の目から見ても、なんだありゃ、と思うような女にも思いを懸ける、なんてのは、いったいぜんたいどういうことなのであろう。まったく理解に苦しむ。

姿形も美しく、また性格もとても良い方で、その上、字も上手に書き、歌だって心深く詠むというような、そういうりっぱな人が、男にないがしろに扱われて、思いのあまり恨み言など文に書いてよこしても、まあ通り一遍の返事くらいはホイッとよこすものの、じっさいにはいっこうに寄りつかずにいる。それで、女が、もうそれはなんとかしてあげたい様子で嘆いているのを、知らん顔して見捨てて行くなんてのは、まったくもってあきれ返った次第で、世に言う「ムカツク」とでもいうところ。それで、こうして側《そば》で見ているだけでも嫌な感じがするくらいなのに、なーに、その男ときたら、女の苦しい思いなんかまるっきり知らん顔で平気なのだから、嫌になる。

ちょっと注釈を加えておくと、ここに「おほやけ腹立ちて」という表現が見えているが、これはどうもロクでもない言葉であったらしい。『紫《むらさき》式部日記《しきぶにっき》』に、

「いとこそ艶に、われのみ世にはもののゆゑ知り、心深き、たぐひはあらじ。すべて世の人

は心も肝《きも》も無きやうに思ひて侍るべかめる。見侍りしに、すずろに心やましう、おほやけばらとか、よからぬ人のいふやうに、にくくこそ思う給へられしか」

とあるのを思いあわせると、そのあたりがわかってくる。斎院《さいいん》に仕えている中将《ちゅうじょう》の君《きみ》という女房が、なにやら当時ちょっと有名な人だったらしい。それで、その人が書いた手紙を、ついであって読んでみた式部が、その感想を述べているくだりである。言う心は、「それはもうたいそう格好《かっこ》つけて、自分だけが世間の道理を弁《わきま》えていて、自分ほど思慮深い人間はいないだろうくらいのことを思い上がっているように見える。その手紙を読むにつけて、ともかくもう不愉快で、下賤の者どもが『おほやけばらが立った』などと言うような、ニクタラシイ思いがしたことだった」というのだから、「他人のことで憤慨する」というような意味の一種の流行語、それも下世話な人たちの言葉であったらしいことがわかる。あえて「ムカツク」などというヨカラヌ訳語を用いたのは、その意味である。

さて、この段の前の前の段、第二百六十六段に、さる権勢家の娘の婿になった男が、すぐに通《かよ》って来なくなって、女もその親もひどく嘆かわしい思いをしていたのに、どういうわけか、この冷酷な男が、すぐに蔵人《くろうど》に出世して、法華八講《ほっけはっこう》の晴れがましい場に、晴れ装束も麗々しく現われ、その捨てた女の車近くに、平気な顔をして近寄ってきたということを清少

納言は書いている。そうして、その締めくくりに、

「なほ、男《をとこ》は、もののいとほしさ、人の思はんことは知《し》らぬなめり」

と結んでいるのである。つまり「やっぱり、男というものは、女心の痛みとか、女が心に思うことなどはいっこうに理解できないもののように見える」ということである。

これは、男女お互い様というところがあって、私ども男から見れば、どうして女はそんなことに拘泥《こうでい》するのであろう、とか、さばかりのことに、そんな大騒ぎしなくたってよさそうなものだ、と思うようなところが多々あるのだが、女から見れば、そういう女の気持ちがわからないのが、男という動物の度《ど》し難い鈍感さだと、こう見えるのであろう。

こうなると泥仕合《どろじあい》みたいなもので、売り言葉に買い言葉ということになるのだが、ともあれ、清少納言も女ゆえ、しばしばそのような男の「理解不能なる行動」に苦しまされたという経験があったのであろう。

そこでここに、かかることを書いても、まだやっつけ足《た》りないという思いがあったのかもしれない。

再び筆を執って、この第二百六十八段に、男どもを改めて血祭りに上げるということにしたのである。

じっさい、こういうことは、どんな国のどんな時代の、どんな身分の人にもありがちなことで、こんなところで引き合いに出しては申し訳ないけれど、あのイギリスのチャールズ国王だって、なんでまた、若く美しいダイアナ妃を袖にして、大年増の、しかも人妻のカミラという人のところへばかり通ったのであろう。理解の外であると感じた人も多かったに違いないが、いやいや、男の心は案外と、そういうところがあって、美人は三日で飽きる、醜女《しこめ》は三日で馴れる、という箴言《しんげん》（？）もあるくらいなのである。

言ってみれば、『源氏物語』などは、そういう話柄《わへい》の集大成といってもよろしく、身分やんごとなく、美しく、また教養も申し分なき葵上《あおいのうえ》という正妻を持ちながら、などて光源氏は、あちこち、はるかに見劣りのする女にばかり心をかけたものであろう。下級貴族の受《ず》領《りょう》の妻たる空蟬《うつせみ》やら、ひどい醜女で頭の働きも芳《かんば》しくない末摘花《すえつむはな》やら、はるかに年上で亡き皇太子のお后であった六条御息所《ろくじようのみやすどころ》やら、素性《すじよう》も知れぬ夕顔《ゆうがお》やら、あれやらこれやら、思えばろくでもない恋にばかり繫がれていたものである。

そういう光源氏の心のありようをば、「帚木《ははきぎ》」の巻の冒頭のところで、紫式部は、こう批判している。

さしもあだめき、目馴《めな》れたる、うちつけのすきずきしさなどは、このましからぬ御本性《ごほんじやう》にて、稀《まれ》には、あながちに引《ひ》きたがへ、心づくしなる事を、御心におぼしとどむる癖《くせ》なん、あやにくにて、さるまじき御ふるまひも、うちまじりける。

これを忠実に訳してみると、こういうことである。

そういうふうに、浮《うわ》ついた、そしてありふれた、丸出しの浮気沙汰などは、じつはお好みにならないご本性なのだが、それだけに、たまさかには、強引にそのご本性に逆らってまで、愁いの種となるようなことを、ついつい御心にとどめなさる悪い癖があったから、いきおい、あってはならないような好色の振るまいも、混じってしまうことがあったのだった。

こういう好色の振るまいというものは、どの男の心にも潜んでいる魔物で、それがまた女から見ては、もっとも理解しがたい男の不可思議さなのであろう。

このことは、源氏でも、清少納言の見聞きした男どもでも、あるいは、現代のあなたでも私でも、まあ、ほとんど変わりがないかと思われる。
だから、こういう章段を読むと、ある意味では、『源氏物語』も『枕草子』も、同じテーマを、形を違えて扱っている、とも言えるのである。

と、このように、男をこき下ろして、少しは胸のつかえが下りたのであろうか、清少納言は、次の章段（第二百六十九段）では一転して、次のようなことを書き連ねるのであった（もっとも本によっては、この第二百六十八段を欠くものもあるので、こういうふうに単純に発想の転換が想定できるとは限らないのであるが……、ま、仮に、そういうこともあったかもしれない、とは考えてみてもよい）。

## やっぱり大切なのは、思いやる心

よろづのことよりも情《なさけ》あるこそ、男《をとこ》はさらなり、女もめでたくおぼゆれ。なげのことばなれど、せちに心にふかく入《い》らねど、いとほしきことをば「いとほし」とも、あはれなるをば「げにいかに思《おも》ふらん」などいひけるを、伝《つた》へて聞《き》きたるは、さし向《むか》ひていふよりもうれし。いかでこの人に、思ひ知《し》りけりとも見《み》えにしがな、とつねにこそおぼゆれ。

かならず思《おも》ふべき人、とふべき人は、さるべきことなれば、とり分《わ》かれしもせず。さもあるまじき人の、さしいらへをもうしろやすくしたるは、うれしきわざなり。いとやすきことなれど、さらにえあらぬことぞかし。

おほかた心よき人の、まことにかどなからぬは、男《をとこ》も女もありがたきことなめり。また、さる人も多《おほ》かるべし。

――世の中のなにごとも、まずは情深いということが、男はもとより、女についても大切であるように思われる。とりたててどうということでもない言葉だけれど、そしてまた痛切に心に染み入るというようなことではなくても、なにか気の毒なことがあったときに、「お気の毒にねえ」と言うとか、あるいはなにか辛いことがあったときに「さぞ、どんなに辛い思いをなさっておいででしょう」などということを、これは面と向かって言われるのではなくて、人づてに、誰それさんがそう言っておられましたよ、と聞くときのほうが、本人には嬉しく感じられる。それゆえ、「なんとかして、その方に、

『私は、あなたさまのお情け深さを存じております』ということを知ってほしいなあ」と、いつも心に懸けて思うのだ。

日頃から常に心配してくれる人やら、いつも安否を問うてくれるような人だったら、まあ当たり前なのでそれほど取り立てて喜ぶというほどでもないのだが、そうじゃなくて、そんなことはしてくれるはずもないと思っていた人が、ちょっとした事柄の受け答えなども、心安くしてくれたのは、嬉しいことである。そんなことは、別に何の難しいことでもないのだけれど、なかなか実際にはできないことなのだ。

概して言えば、心だてが良くって、しかも才気があって、というような人は、男でも女でも、ほんとうに少ないように見える。

いやいや、実際は、そういう人だって世の中には多いかもしれないけれど……。

つまるところ、自身は、けっこうな男好きであって、それなりに色めいた経験も十分にあった清少納言が、男はやっぱり素敵でもあり、かわいくもあり、でも、どうしても許せない鈍感なところもあり、いやそのケシカラヌところもまた、恋の恋たる所以で、結局恋というものは、いとしい、しかし恨《うら》めしい、魅力的、だから心安からぬ、と二つに引き裂かれた二面性のなかに揺れているということを、かれこれいろんな局面を思い出して書いているように読める。

その上で、それでも、つきつめていけば、男も女もなく、やっぱり大切なのは「人を思いやる心」、「やさしい思いやり」ではないかしら、と、このように統一をつけようとしているのである。

この三段を併せ読むことで、恋のありよう、男女の仲とはなにか、そしてそれらを超越した人情の機微、ということがそこはかとなく読めてくる、と私はそう思うのである。

# 最終講

# 恋文はいつもうれしい

[第二百九十三段、第二百九十四段]

## 学校では読めない『枕草子』

さてさて、長々と続けてきたこの講義も、いよいよ大詰めとなった。

じっさい、『枕草子』という作品が、ふつうに思っているのとはずいぶん違って、こんなにも生々《なまなま》しい、人情味満点の叙述に満ちていることに、多くの人はいささか驚かれたのではないかと、私は密かに想像している。

いや、私自身だって、高校生のときに、H先生というオジイサンの先生が、さもつまらなそうな面持ちと退屈な口調で、ブツブツと講釈するのを聞いた限りでは、ひとつも面白いとは感じなかった。けれども、後に、よくよく読んでみれば、ややっ、こんなに面白かったのかと驚いた、その驚きを、読者諸賢とともに分かち合いたいと、そんなつもりで、私は書き続けてきたのである。

そこで、今回は、まず第二百九十三段。

## 喧嘩別れ

つねに文《ふみ》おこする人の、「なにかは。いふにもかひなし。いまは」といひて、またの日音《おと》もせねば、さすがに、明《あ》けたてばさし出《い》づる文《ふみ》の見えぬこそさうざうしけれ、と思ひて、「さても、きはぎはしかりける心かな」といひてくらしつ。

またの日、雨《あめ》のいたく降《ふ》る、昼《ひる》まで音《おと》もせねば、「むげに思ひ絶《た》えにけり」などいひて、端《はし》のかたにゐたる、夕《ゆふ》ぐれに、かささしたる者《もの》の持《も》てきたる文《ふみ》を、つねよりもとくあけて見《み》れば、ただ、「水増《ま》す雨《あめ》の」とある、いと多《おほ》くよみ出《いだ》しつる歌《うた》どもよりもをかし。

——いつでも、暁《あかつき》に帰っていったあとで、すぐに「きぬぎぬの文」をよこす人が、ある日喧嘩をして、その別れ際に、

「なにいってんだ。もうおまえなんかにものを言っても始まらないよ、もうこれっきり

にしよう」

と言い捨てて、帰ってしまった。

その朝はもちろん、翌日になっても、うんともすんとも言ってこない。そうなると、私のほうでは、夜が明ければいつだってお使いの者がきぬぎぬの文を持ってきたのに、それが来ないのはなんだか心に穴が開いたように寂しいなあ、と思って、

「いくらなんでも、割り切り過ぎてやしないかしら」

などと、ぶつぶつ文句を言って過ごしていた。

すると、さらにその翌日、雨がじゃあじゃあ降っている日だったが、その昼までは相変わらず音沙汰なしで、

「これはもう、いよいよダメかもなあ」

などと独り言を言いながら、それでも未練に外がよく見えるあたりに座って文の到来を待つともなく待っていたら……、その夕ぐれになって、傘を差した男が文を持ってやって来たのだった。

もう夢中になって大急ぎで封を開けてみたら、ただ、

「水増す雨の」

という五文字だけが書いてあった。ふふふ、なんて心憎い、ごちゃごちゃとたくさんの歌など書きつけてくるより、こういうのはほんとに洒落《しゃれ》てて素敵だなあ。

## 恋人の手紙を待ち焦がれて

この章段も、私のこよなく愛する文章で、ほんとに素敵だと思う。

さんざんにじらしてから、洒落に洒落た手紙をよこす男も素敵だけれど、それを待ちながら「端《はし》のかた」に居暮らしたということを、正直に、しみじみと、しかもさりげなく書いている清少納言の筆遣いも素敵である。

昔の貴族の邸《やしき》は、一番外側に、簀子《すのこ》という、まあ縁側のような部分があり、その内側に、蔀戸《しとみど》や御簾《みす》を隔てて廂《ひさし》という部屋があり、さらにその内側にまた御簾を隔てて母屋《もや》という居間があるという三重構造をしていた。

この場合、おそらく清少納言は、その廂の間の御簾近いところに座って、ずっと外を見ていたのに違いない。

いつも文をよこす男、というのだから、言い換えればそれは、いつも通って来る男である。事実上の夫のようなものだ。それが誰を指しているのかは、この記述だけでは特定できない。若いころの想い出話のようにも読めるし、もっと近いころの経験談とも読める。

その男と、気が強くて、頭が良くて、弁も立つ清少納言は、なにか言い争いをしたと思《おぼ》しい。それで、男は暁の別れ際が大切だというのに、売り言葉に買い言葉だったのだろうか、「いふにもかひなし」つまりは、「おまえのような奴に何を言っても甲斐がないぞ」と、憤激の捨てぜりふを残して、男は去った。その足音の荒らかな響きまで聞こえてきそうなせりふではないか。

果たして、その朝のきぬぎぬの文はまったく来ない。

しかし、こういう場合、女のほうからなにか言ってやることはできないのが、当時の決まりであった。女は、男がなにか言ってくるまで、ひたすら待つのである。

さっきの今朝だから、その文が来ないことに対して、少納言は別段怪しまなかった。

さりながら、その翌日になっても、なおうんともすんとも言ってこない、となると、さすが強情な少納言も、少しく心配になったのだろう。

いつだって到来していた文が、こうして絶えて来ないという朝を二日続けて味わうと、やっぱり寂しくてしかたないのである。なんだか、ほんとに同情したくなる女心ではないか。

とはいえ、その日の夕方になってもなお何も連絡がないとなると、もうこれはいよいよ縁が切れたかもしれないという思いも兆《きざ》してくる。でも、ただ、ああやって言い合っただけで、こんなに簡単に縁を切られてしまうなんて、ずいぶん情知らずのドライな男心じゃなかろうかと、男を恨む気持ちも、同時に涌き起こる。このあたりは、千古不易《せんこふえき》の女心かもしれない。

で、「といひてくらしつ」という、この「つ」が効いている。おそらく、朋輩《ほうばい》の女房か、側仕《そばづか》えの少女か、ともかく身近な者に、その恨みがましい気持ちを愚痴って一日が暮れた。「つ」は完了の助動詞で、その日も、あーあ、とうとう暮れちゃった！　という気持ちが、この「つ」に込められているので、逆にいえば、どれほど切実に文の到来を待ちかまえていたか、がこれでわかる。口には、男のドライな心《こころ》ばえを愚痴りながら、しかし、心のなかでは、とっくに許しているのである。許して、ひたすらに待っているのである。それが恋というものではあるまいか。

ところが、そのまた翌日の朝もまた、手紙は来ない。きぬぎぬ（後朝）の文というくらいだから、こうした恋文は朝に送ってくるのが決まりなのである。朝に音沙汰がなかったとすると、午後や夜に文が到来する可能性はずっと低くなると、当然少納言は思ったに違いない。

だから、「むげ（無下）に思ひ絶えにけり」と嘆いたのである。「無下に」は、これ以上ひどいことはない、という最低のところを言う副詞で、だから、こんなひどい仕打ちで見限られてしまったかもしれないなあ、と、やや諦《あきら》めの気持ちが表われている。文末の「けり」は、「あーあ、……だよなあ」という長大息《ちょうたいそく》するような詠嘆の気持ちを表わしているのである。

だけれども、彼女は、千に一つでも、と祈るような気持ちで、「端《はし》のかたに」居たのだ。恋人からの手紙を待ち焦がれて、一日ポストのほうばかり眺めている乙女心、現代でいえばそういう感じでもあろうか。

ひどい雨が降っていた。この雨では、ますます人気《ひとけ》もなく、だんだんと夕ぐれてきた。ああ、もうダメだ、と、そう思った刹那《せつな》、一人の傘を差した男が文を差し入れに来た。その傘を打つ雨音さえ聞こえてきそうな文章である。

来たっ、来た来た来たーーっ！

とでも言いたいくらいだったのではなかろうか。もう封をもみくちゃにするような逸《はや》る気持ちで、大急ぎで開けてみたのだ。すると……。

## 「水増す雨の」恋の文

そこには「水増す雨の」とだけ書いてあった、というのである。

当然これは、なにかの和歌の断片に決まっているのだが、今のところ、この五文字（七音節）に相当する本歌《もとうた》が何であったか、わかっていない。ただ、『古今集』の巻十二、恋歌二、に紀貫之《きのつらゆき》の歌として、

まこも刈《か》る淀《よど》の沢水《さはみづ》あめふれば
常《つね》よりことにまさるわが恋《こひ》

という歌が出ていて、これなどが引き歌だったかもしれないと考えられている。この歌は、なにか物に寄せて恋心を述べるという趣向の歌の集められているところに出ていて、いわば「雨に寄する恋」とでも題名をつけたいところである。

大意は「あの真菰を苅る淀川の川水は、雨が降ったのでずいぶん水かさが増さっている。そのように、いつもよりずっと私の恋心も弥増《いやま》しに増さっているのだよ」とでもいうようなことで、雨につけ風につけ、花につけ月につけ、森羅万象ことごとく恋に結びつけずにはおかなかった、わが御先祖がたの心ばえを、よく示している歌である。

だから、この「水増す雨の」という恋文の心は、「こうして雨が降っていると、どこも水かさが増しているね、そのように、俺の恋心も弥増《いやま》しになっているのだよ」とでもいうところでもあろう。

待ちに待っていた文、やや恨みながら、半分諦めながら、それでも祈るように待ち続けていた文に、水茎《みずぐき》の跡《あと》も麗《うるわ》しく、ただこういう洒落た一句を書き送ってきた男の、心憎さ！ もう夢中になって、その文をかき抱《いだ》き、小躍りでもしたくなった少納言の気持ちが、如実に推し量られる文のくだりである。きっと、男だって、喧嘩はしたけれど、すぐに逢いたくなったに違いない。けれども、すぐに文を書いては、自分の負けだ、くらいに思って、書きたいのを我慢していたのだろう。これで女がほんとうに怒ってしまったら万事休すだから、そういうリスクを冒しても、二日という時間、女を待たせて、そのぎりぎりのところで、豪雨という、恋の背景には持って来いの条件を生かして、見事に女心を射ぬいたというわけである。

よほどの男でなくては、こんな芸当はできまい。

続いて第二百九十四段。

## 雪の恋文

今朝《けさ》はさしも見えざりつる空《そら》の、いと暗《くら》うかき曇《くも》りて、雪のかきくらし降《ふ》るに、いと心ぼそく見出《みいだ》すほどもなく、白《しろ》うつもりて、なほいみじう降《ふ》るに、随身《ずいじん》めきてほそやかなる男《をのこ》の、かささして、そばのかたなる塀《へい》の戸《と》より入《い》りて、文《ふみ》をさし入《い》れたるこそをかしけれ。いと白《しろ》きみちのくに紙《がみ》、白《しろ》き色紙《しきし》の結《むす》びたる、上《うへ》に引《ひ》きわたしける墨《すみ》のふと凍《こほ》りにければ、末薄《すそうす》になりたるをあけたれば、いとほそく巻《ま》きて結《むす》びたる、巻目《まきめ》はこまごまとくぼみたるに、墨《すみ》のいと黒《くろ》う、薄《うす》く、くだりせばに、うらうへかきみだりたるを、うち返《かへ》しひさしう見るこそ、なにごとならんと、よそにて見《み》やりたるもをかしけれ。まいて、うちほほゑむ所はいとゆかしけれど、遠《とほ》うゐたるは、黒《くろ》き文字《もじ》などばかりぞ、さなめりとおぼゆるかし。額髪長《ひたひがみなが》やかに、面《おも》やうよき人の、暗《くら》きほどに文《ふみ》を得《え》て、火《ひ》ともすほども心もとなきにや、火桶《ひをけ》の火《ひ》をはさみあげて、たどたどしげに見《み》ゐたるこそをかしけれ。

——今朝はそんなに天気が悪くも見えなかった空が、にわかに真っ暗に曇ってきて、雪が降りに降って昼なお暗いというそういう日のこと。なんとなく心細い思いで、外を見ていると、もう真っ白に積もって、なお降りやむ様子もない。

そのとき、誰かの随身《ずいじん》らしい感じの、ほっそりとした男が、傘を差して、脇のほうにある塀の戸口からひっそりと辷《すべ》り入って、そっと文を差し入れていく、それはいかにもいい景色であった。その文というのがまた、真っ白な陸奥紙《みちのくがみ》（檀紙《だんし》）だか、白い唐紙《からかみ》だかを結び文《ふみ》にして、その封じ目のひと筆《ふで》は、書くそばから凍ってしまったと見えて、筆の末は急に色が薄くなっている。その封じ目を切って中をくつろげてみると、ずいぶん几帳面に細く巻いてあるので、その巻目がこまかな折れ目になっているところに、墨の色も濃き薄き、自由自在な筆運びで、散らし書きにした、くだりくだりの行頭行末《ぎょうとうぎょうまつ》、面白く書き連ねてある。それを、繰り返し繰り返し、もう長い時間読み続けているのを見ていると、あれはいったい何が書いてあるのであろうと、よそながらついつい目が行ってしまうのもおかしい。

まして、読みながらニコッとほほ笑《え》んだりするところは、まあ、ちょっと見てみたいなあと気になってしょうがないけれど、なにしろ遠いところで読んでいるので、ただ文字が黒く書かれているのが見えるばかりで、ははぁ、あのあたりだな、と思ったりするだけのことだった。

額《ひたい》の辺りの髪もすらりと長く、面立《おもだ》ちも美しい人が、まだ薄暗い時分に、いち早くきぬぎぬの文を受け取って、火を灯すのももどかしいのだろうか、火鉢の炭火を火ばさみでつまみ上げて、そのほんのりとした赤い光に手紙をかざして、辛うじて読んでいるのも、なにやらしみじみとした感じがする。

前の段は、雨の日に恋文が到来する場面であった。それは少納言自身の経験談の形で書かれているのだが、こんどは大雪の日の文の使いの様子が点綴《てんてい》される。

こちらは、どうも傍観者として他の女房などのところへ来た文を見ているという書き振りだが、それにしては、「上に引きわたしける墨のふと凍りにければ、末薄になりたるをあけたれば、いとほそく巻きて結びたる、巻目はこまごまとくぼみたるに、墨のいと黒う、薄く、くだりせばに」という辺り、ずいぶん詳しく文躰《ぶんてい》を観察しているような描写ぶりで、とてもよそながら遠目に見ているようには感じられない。

だから、これももともとは、少納言自身の経験だったのかもしれないのだが、雨の恋文も雪の恋文も、いずれも随身《ずいじん》らしい者が傘差して届けにきて、それを自分が喜んだというのでは曲《きょく》がないとでも思ったか、あまりに色好みらしいところを朧化《ろうか》しようとの意図でもあったか、あえて他人のことに書きなしたようにも読める。

この段には、二人の恋文が描き出されているのだが、第一のほうは、真っ昼間に文の使いがやってきた情景である。

想像してみてほしい。あたりは真っ白な雪景色である。しんしんと降る雪に、音もひっそりとして静かな午後である。そこに、傘を差した若い男、それもほっそりとした姿の良い使

い の者が、ひそやかに文を届けてくるのである。その使いの者の傘の上にも白い雪が積もっていたことであろう。

しかも、その手紙は、白い檀紙か、白い唐紙に書かれている。もちろんそれをよこした男が、白い雪の色になぞらえて、わざとこんな色の紙を用いたに決まっている。恋の成就《じょうじゅ》には、そういう臨機応変なる機知《ウィット》とデザイン感覚の鋭敏なるを要するのである。現在でも、女はこういう紙や筆記具などの意匠に非常に好尚があって、男は比較的鈍感である。それだけに、平安朝の色好みの男たちは、かかるところにこそ、存分の意を用いて女たちの歓心を買うことに心を尽くしたのである。

げに、真っ白な雪景色に真っ白い文、ハンサムな従者が雪傘を差して届けに来る。絵になっているといって、これほどすばらしい道具立てもあるまい。

しかもよほど寒い日であったらしい。封じ目のところに書く「〆」のような文字が、途中でかすれたようになっているのは、墨が凍ってしまったらしいというのである。平安時代の京都の、貴族の邸は、それくらい壮絶に寒かったらしい。

そうして、巻紙にした手紙を平べったくつぶして封じてあるので、それをくつろげると、折り目がでこぼこしている、そこへ美しいリズムで書き散らされた、いわゆる散らし書き《が》の文字が鮮やかに浮かんでいる、というところである。

この時代の貴族たちの、ことに女とやりとりするような文は、女性的な散らし書きにしたのが当たり前で、ごつごつした勧進帳《かんじんちょう》みたいな書きぶりであったはずはない。このところ、岩波書店の日本古典文学大系の本文は「うらうへ」という仮名に「裏表」という漢字を宛てて、裏表に書いた文をひっくり返しながら読んでいる、と解釈するのだけれど、どうもそれは感心しない。恋文のようなデリケートなものを、裏表に書き渡るなんてことは、ちょっと考えにくいのである。ここは新潮日本古典集成の萩谷朴氏の解釈のとおり、「うら＝末」「うへ＝上」と読んで、その散らし書きの行々の上から下へ、下から上へと読み返すのだとみなくては景色にならぬ。というわけで、ここはあえて本文を改めた。

といっても、読者の多くは、散らし書きの恋文など見たことがないだろうから、ここに、江戸時代の本ではあるが、散らし書きにされた恋文の一例を家蔵本『文占《ふみうら》』のなかから、図版としてお目にかける。

じっさいの平安朝の女房たちの世界の散らし書きはもっと複雑でこまごまと上下しながら読み進めるようになっているので、それを念入りに読むと、どうしても「うらうへ」に「うち返し」て読むことになるのである。そうして、その文面に、熱い熱い恋心を書き込めてあ

## 散らし書きの恋文

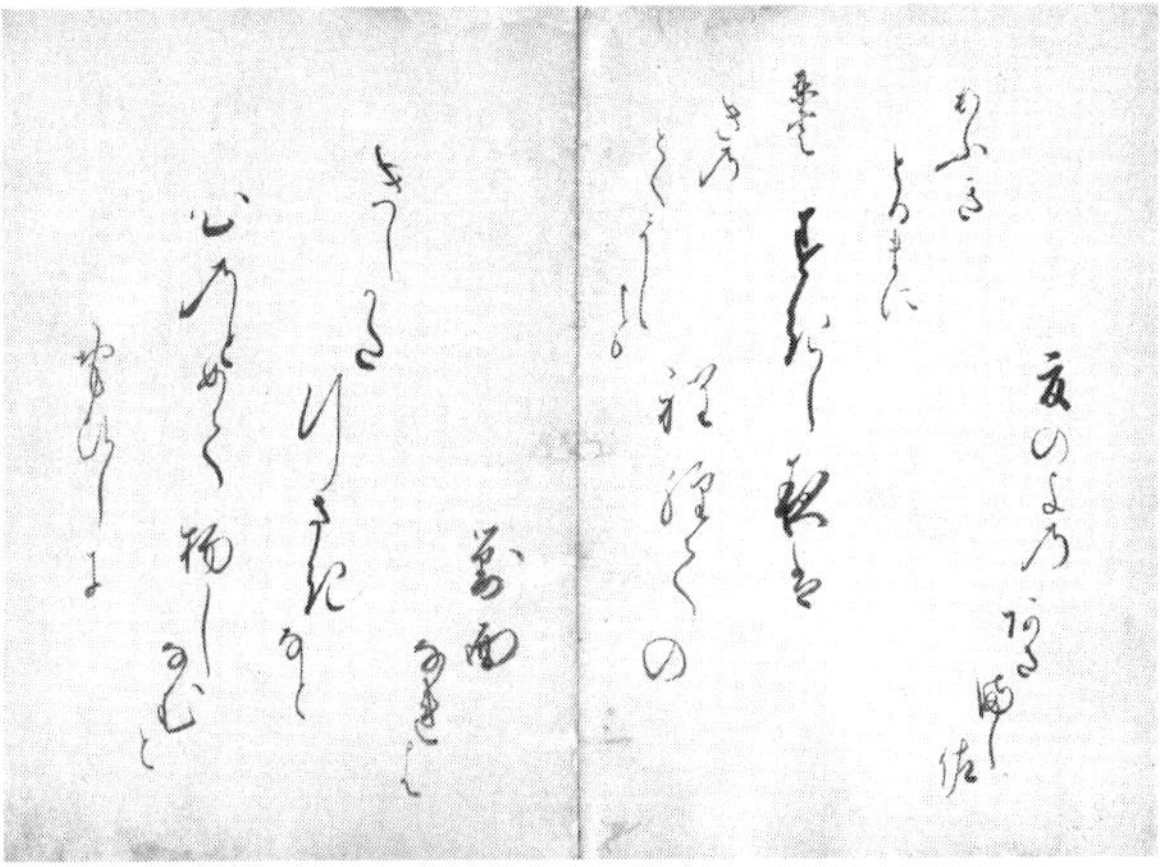

江戸前期写『文占《ふみうら》』（著者蔵）

（写真の翻字）
すきし夜は／程経ての／対面なれは
きしかた行さきなと／心のとめて物しなむと／おもひしに
夏のよのあさましさ／あふき／とるまに
東雲／きの／とくに候へく候／かしく

昔の文の散らし書きというのはこのように、行ったり来たりしながら、あちらこちらと読んだ。その読む順序は、文字の大きさで、だいたい見当がつくようになっているるところに至れば、どうしたって（女ならずとも、男だって）顔が綻《ほころ》んでくるのが自然である。そういうときの、嬉しそうににっこりとする一刹那《ひとせつな》の表情は、恋の、もっとも美しい瞬間かもしれない。このところの文章は、誰か若い女房などが、恋文にほほ笑《え》んでいる姿として描いているけれど、すなわちそれは少納言の経験のなかにもある景色であったと見なくては、面白からぬ。

最後の一節の、髪つき面差《おもざ》しともに美しい人、それはきっと若い女房であろうけれど、それが、たったいま帰ったばかりの恋人から、まだ夜《よ》が明けきらぬうちに、きぬぎぬの文をもらったところである。もっとも夕暮れの文と取る解釈もあるのだが、私はあえて曙《あけぼの》の文と取る。火桶《ひおけ》が出ているくらいだから、冬である。雪が降っているというところからの連想かもしれぬ。冬だからなかなか夜が明けないのだ。そういうときに、密《みそ》かなるを以てよしとする恋の文が来たからとて、やおら灯火《ともしび》を点《つ》けたりすれば、人が起きでてくるかもしれない。だけれど、夜明けまではとうてい待てない。いますぐ見たい。読みたい。その焦がれるような思いで、彼女は、炭火のほのかな明かりにかざして、文を読むのであった。

けれども、炭火は暗い。散らし書きの文は読みにくい。なかなか読み進まない文を、それでも一心不乱に読んでいるその若々しい女の美しい顔にも、ほのかな炭火の赤い光が射しているのである。

ああ、ああ、なんと美しい情景であろう。なんという巧《たく》みな描写であろう。なんという無駄のない凝結した表現であろう。

私は、こういうところをしみじみと読み続けるにつけて、清少納言という人の、紫式部とはまったく違った、しかし、同じように天才的な文学の力を感じる。

そうして、現代の文学がすっかり見失ってしまった「文章表現の力」あるいは「文体の美しさ」を見る。


と、ここで、ついに紙幅が尽きた。私の『枕草子』講釈も、そろそろ終わりにしなくてはいけないときが来たようだ。

されば、『源氏物語』が一つの奇跡であったことは動かないとしても、『枕草子』もまた、それに負けない力量を持った見事な文学的達成であった。清少納言の突き抜けた知性と、感性のすばらしさとともに、私どもは、それをよく記銘しておかなくてはならない。このことを最後にもう一度確認して、今はそっと筆を擱《お》くことにしたい。

## 巻軸贅言《かんじくぜいげん》

と、ここまで辛抱強く読んでくださったかたのなかには、これは相当に面白いぞ、これならひとつ全巻を読んでみたいものだと思ったむきも少なくないかもしれない。

いや、著者としては、そうあってほしいと思う。

その場合、どんなテキストを買ってきて読んだらいいだろうかと首をひねるということがあるかもしれない。いや、ほんとはどの本を使って読んでもいいのだが、いまよく用いられるテキストと注釈書をば、まずは、以下に列挙しておくことにしたい。

『枕草子春曙抄』十二巻、北村季吟校注、延宝2年跋刊
『枕草子評釈』金子元臣校注、大正14年、明治書院刊
『枕草子・紫式部日記』池田亀鑑・岸上慎二校注、日本古典文学大系、昭和33年、岩波書店刊
『全解枕草子』三谷栄一・伴久美校注、昭和33年、有精堂刊

『枕草子評解』田中重太郎校注、昭和34年、有精堂刊
『枕草子』池田亀鑑校注、岩波文庫、昭和37年、岩波書店刊
『枕草子』上下二冊、萩谷朴校注、新潮日本古典集成、昭和52年、新潮社刊
『新版　枕草子』上下二冊、石田穣二校注、角川ソフィア文庫、昭和55年、角川書店刊
『枕草子』松尾聡校注、日本古典文学全集、昭和61年、小学館刊
『枕草子』増田繁夫校注、和泉古典叢書、昭和62年、和泉書院刊
『枕草子』渡辺実校注、新日本古典文学大系、平成3年、岩波書店刊
『枕草子全注釈』全五巻、田中重太郎校注、昭和47年〜平成7年、角川書店刊

これらの他にも、枕草子の注釈書となると、まだまだたくさんある。が、主なところを言えば、だいたい以上のようなところかと思われ、じつはこれらが、今回この本を書くに際して、私の参看したところであった。

また、この作品の概説的な書物としては、

『研究枕草子』池田亀鑑著、昭和38年、至文堂刊

というのが、読んで面白く、またわかりやすい。

こうして、あれこれの注釈書を比較してみると、その底本としたテキストの違いも甚《はなは》だしく、また本文の出入りも一筋縄ではいかず、まして、いちいちの行文についての解釈に至っては、いわゆる百家争鳴議論百出《ひやっかそうめいぎろんひやくしゅつ》という状態で、この作品を学問的な意味で正確に読むということが、生易《なまやさ》しい行ないではないことがつくづくと痛感される。

だいいち、作者の清少納言にしてからが、その本名・生没年すらはっきりとはわからず、どうして『枕草子』と呼ばれるのかということも、これまた各説あって一定せず、もうほんとに扱いに窮《きゅう》するところがあるのが、この作品である。

しかしながら、そういうやかましいことを言い出したら、なにも読めなくなってしまうから、もうそれらについては、この際、えいっと目をつぶって、ただ岩波の日本古典文学大系本を底本としつつ、すらすらと読んでいくことにしたのである。

全巻を通読したいという人のなかでも、初心者で古文にはどうも慣れていないという人は、新潮日本古典集成の本が、なんといっても読みやすいと思う。あるいは、ぐっと研究的に徹底的に読んでみたいのであれば、『枕草子全注釈』を繙《ひもと》くもよろしかろう。

その他、どの本を手に取ってもいいので、手近な古本屋さん、あるいはネット上ででも、探して一本を入手し、通勤通学の電車のなかで、閑雅《かんが》なる休日の寝床のうえで、あるいは、日々の厠《かわや》の内に黙座しつつ、少しずつでも読んでいったらいいのである。

そして、読みながら立ち止まり、考え考え、楽しみつつ味わって読んでいくと、わずかの金額の投資によって、ずいぶん長いこと、あるいは一生楽しめるかもしれない。


私はかねて、入試出題予告制度というのを提案しているのであるが、これは、たとえば、東京大学文学部が、来年度の入試は、日本古典文学大系本の『枕草子』から出題する、とかいうように前もって告示しておくという制度である。

そうすると、受験生は、どんな作品が出るかわからず右往左往しながらつまみ食いにあれこれの古典を読むのでなくて、すくなくとも予告された作品は、全巻通読するに違いない。そうすれば、受験勉強のつもりが、ついついその面白さに引き込まれて、楽しく古典文学を味読することを得るという寸法である。

ともかく、どんな形でもいいのだが、古典を一つ読み通すということが、どういう楽しみのある営為であるかを知ることは、人生の大きな得である。ということは、それを知らずに一生過ごすことは、人生の大損失だというも過言でない。

そういう意味で、もしこの本を読んで、『枕草子』ってのは面白いなあと思った人があったら、ぜひぜひ、全部を読み通してみてほしいと思うのである。

じつはこの本に書いたことなどは、九牛の一毛といおうか、氷山の一角といおうか、ほんとうに僅《わず》かの部分について読解を示したに過ぎないのである。

そして、もっともっと書きたいことはいっぱいあったけれど、それを全部書いていたら大変なヴォリュームになってしまうので、泣く泣く割愛に従ったというのが、じつはほんとうのところなのであった。

されば、本書を閉じるに当たって、私が特に強調したいのは、まさに、ここを入門のよすがとして、ぜひとも古典文学の沃野《よくや》に森に、一歩も二歩も足をすすめてみてほしいということである。

そのことだけをここに「お願い」して、今はひとまず筆を擱《お》くことにしたい。

最後に当たって、編集に当たられた祥伝社の栗原和子君の労を多として、心よりの謝意を表する。

二〇〇九年仲春梅花馥郁たるの日

菊籬高志堂の北窓下に

著者識す

本文中の引用は、左記の書物に準拠しました。
『徒然草』『源氏物語』『万葉集』『日本書紀』『伊勢物語』『和漢朗詠集』
『紫式部日記』――岩波日本古典文学大系
『拾遺和歌集』『古今和歌集』『新古今和歌集』――岩波新日本古典文学大系
『増補俳諧歳時記栞草』――岩波文庫

JASRAC　出2307599-301

切りとり線

★読者のみなさまにお願い

この本をお読みになって、どんな感想をお持ちでしょうか。祥伝社のホームページから書評をお送りいただけたら、ありがたく存じます。今後の企画の参考にさせていただきます。また、次ページの原稿用紙を切り取り、左記まで郵送していただいても結構です。

お寄せいただいた書評は、ご了解のうえ新聞・雑誌などを通じて紹介させていただくこともあります。採用の場合は、特製図書カードを差しあげます。

なお、ご記入いただいたお名前、ご住所、ご連絡先等は、書評紹介の事前了解、謝礼のお届け以外の目的で利用することはありません。また、それらの情報を6カ月を越えて保管することもありません。

〒101-8701（お手紙は郵便番号だけで届きます）
祥伝社　新書編集部
電話03（3265）2310
祥伝社ブックレビュー　www.shodensha.co.jp/bookreview

★本書の購買動機（媒体名、あるいは○をつけてください）

| | | | | | |
|---|---|---|---|---|---|
| ＿＿＿＿新聞の広告を見て | ＿＿＿＿誌の広告を見て | ＿＿＿＿の書評を見て | ＿＿＿＿の Web を見て | 書店で見かけて | 知人のすすめで |

★100字書評……枕草子の楽しみかた

名前

住所

年齢

職業

林 望　はやし・のぞむ

1949年東京生まれ。作家・国文学者。慶應義塾大学文学部卒、同大学院博士課程単位取得満期退学(国文学専攻)。ケンブリッジ大学客員教授、東京藝術大学助教授等を歴任。『イギリスはおいしい』(平凡社・文春文庫)で91年に日本エッセイスト・クラブ賞、『ケンブリッジ大学所蔵和漢古書総合目録』(P.コーニツキと共著、ケンブリッジ大学出版)で92年に国際交流奨励賞、『林望のイギリス観察辞典』(平凡社)で93年に講談社エッセイ賞、『謹訳 源氏物語』全十巻(祥伝社)で2013年に毎日出版文化賞特別賞受賞。『謹訳 平家物語』全四巻、『謹訳 徒然草』(ともに祥伝社)他著書多数。公式HP https://www.rymbow.com/

**枕草子《まくらのそうし》の楽《たの》しみかた**

**林《はやし》 望《のぞむ》**

2023年11月10日　初版第1刷発行
2024年9月25日　第2刷発行

発行者……………辻 浩明
発行所……………祥伝社しょうでんしゃ
〒101-8701　東京都千代田区神田神保町3-3
電話　03(3265)2081(販売)
電話　03(3265)2310(編集)
電話　03(3265)3622(製作)
ホームページ　www.shodensha.co.jp

装丁者……………盛川和洋
印刷所……………萩原印刷
製本所……………ナショナル製本


Printed in Japan ISBN978-4-396-11689-7 C0291

## 〈祥伝社文庫〉

# 『改訂新修 謹訳 源氏物語』全十巻

### 林 望［著］

一巻　桐壺／帚木／空蟬／夕顔／若紫

二巻　末摘花／紅葉賀／花宴／葵／賢木／花散里

三巻　須磨／明石／澪標／蓬生／関屋／絵合／松風

四巻　薄雲／朝顔／少女／玉鬘／初音／胡蝶

五巻　蛍／常夏／篝火／野分／行幸／藤袴／真木柱／梅枝／藤裏葉

六巻　若菜上／若菜下

七巻　柏木／横笛／鈴虫／夕霧／御法／幻／雲隠

八巻　匂兵部卿／紅梅／竹河／橋姫／椎本／総角

九巻　早蕨／宿木／東屋

十巻　浮舟／蜻蛉／手習／夢浮橋

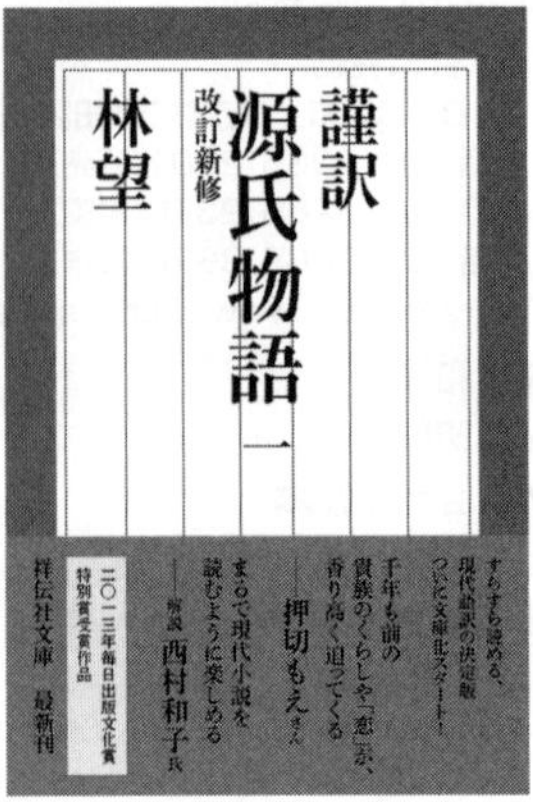